Valériane TARONT

FENÊTRE SUR JARDIN

Roman

CALMANN LÉVY
territoires

Couverture
Maquette : Le Petit Atelier
Photographie : © Margie Hurwich/Arcangel Images

ISBN : 978-2-7021-8977-1

À mon père

Le secret sera manifesté,
la forme du monde sera détruite.

Rûmî
Odes mystiques

— 1 —

Mais comment ont-ils fait pour faire passer le poney ?

Les bras ballants, tourné vers la fenêtre du salon, Thibaut se pose à nouveau la question, peut-être pour la vingtième fois depuis son installation dans la maison, tout en observant Sigrid. Cela fait déjà trois semaines qu'il a rejoint ce village perdu du Vexin français où a vécu sa tante. Où elle est morte plutôt, car pour ce qui est de sa vie, il n'en connaît pas grand-chose.

Il se souvient très bien du matin où il a entendu parler de la maison d'Ida pour la première fois. Ce jour-là, il était au téléphone avec sa mère. Debout dans la cuisine étroite, il venait d'arriver à la conclusion suivante : sa situation était sans issue. Il fallait se faire une raison, il n'allait plus pouvoir garder son appartement strasbourgeois. Pas sans Camille qui, partie, avait emporté avec elle sa contribution au loyer. Et encore moins sans emploi. Maussade, il avait regardé par la fenêtre la ville alsacienne s'animer. Est-ce que la vue lui manquerait ? Au téléphone, sa mère enrageait. Il l'écoutait vaguement, songeait qu'il n'avait jamais autant entendu parler de sa tante que depuis sa mort. Celle-ci n'ayant pas d'enfants, la maison d'Ida revenait à sa seule parente, la mère de Thibaut, et ce matin-là, elle se plaignait de se retrouver avec la demeure sur les bras.

— Et qu'est-ce que j'en ai à faire de ses affaires, hein ? Qu'on foute le feu à la baraque et qu'on n'en parle plus.

D'Ida, l'aînée, abhorrée par la mère de Thibaut, il n'avait jamais rien su. Depuis toujours, l'omerta régnait dans la famille. Seules quelques bribes de conversations, glanées du vivant de sa grand-mère, avaient permis à Thibaut de comprendre que la fracture entre les deux sœurs datait de l'enfance. Puis on avait enterré la grand-mère, il y a vingt ans, et il n'avait presque plus jamais entendu parler de sa tante. Seul le regard, dur et fermé, pris par sa mère lorsqu'un imprudent prononçait le nom d'Ida au cours d'un rassemblement familial était la preuve fugace de l'existence de sa tante, sinon, il aurait pu la reléguer avec ses autres souvenirs éthérés de l'adolescence. Seule entorse à ce mutisme imposé : la mort qui, soudain, propulsait la paria au cœur des échanges.

Thibaut avait coincé le téléphone sous sa joue et repoussait les fulminations de sa mère à l'arrière-plan de son esprit. Sa mère avait toujours été une femme bavarde. Mais alors qu'enfant, il attribuait sa logorrhée à un caractère extraverti et amical, il avait fini par comprendre qu'elle était surtout autocentrée. Incapable de se taire, et d'abord d'écouter, elle avait tendance à abreuver les autres d'un flot de paroles constant, oubliant de filtrer l'intéressant et le constructif du banal et du quotidien. À cela s'ajoutait une tendance à la répétition. Thibaut avait donc, tout comme son père, appris à laisser glisser passivement les discours de sa mère sur la surface de sa conscience. Il préférait permettre à son esprit de s'adonner à une vie intérieure, devenue bien riche à force. Ce jour-là ne dérogeait pas à la règle. Après plusieurs minutes d'écoute inactive, sa mère était toujours en train de s'emporter. Lui avait eu le temps de prendre sa décision.

Il fallait dire que la situation était presque bienvenue, et, pour qu'elle le fût, c'est qu'il avait peut-être touché le fond. Il avait perdu sa place au journal *RNA* et voyait ses ressources financières sérieusement amputées. Il passait ses journées à errer, seul, dans l'appartement. Il déambulait de pièce en pièce et sa mélancolie se renforçait de jour en jour. Il avait du mal à croire qu'ici même, il avait partagé sa vie avec Camille. Plus rien ne le retenait vraiment en Alsace.

Il avait fini par brusquement interrompre sa mère pour lui soumettre sa proposition.

— Laisse-moi me charger de vider la maison. Je trierai les affaires et mettrai la bâtisse en vente.

Il ne lui avait pas précisé ce qu'il ferait ensuite. Il n'en avait aucune idée. Il aviserait.

Sauf que voilà, force est à présent de constater qu'il n'a pas vraiment avancé depuis qu'il a établi son camp dans la maison en pierre du petit village vexinois. Et ce poney alors, comment diable est-il arrivé ici ?

— 2 —

Trois semaines plus tôt.

Thibaut parcourt à pied la distance qui sépare la modeste gare du domicile de sa tante. Le temps est gris. Il traîne sa valise derrière lui. Les roues crissent sur les feuilles mortes déjà tombées et le vent rabat son écharpe sur son visage. Il traverse le village vide, sans prêter attention aux habitations, le menton rentré dans son col pour se protéger des bourrasques d'automne. Arrivé devant la maison, sise à l'intersection de deux rues, il vérifie par deux fois l'adresse sur son téléphone. Il a du mal à croire qu'il est au bon endroit. Il s'attendait à trouver un pavillon sans charme, un peu comme celui de ses parents. À la place se trouve une ravissante et ancienne demeure en pierre blanche. Précédée d'un jardinet, l'élégante façade ne donne pas directement sur la rue. Un chemin de dalles posées en *opus incertum* conduit à la porte d'entrée. Le pignon de la maison donne sur une rue perpendiculaire à la voie principale du village et se prolonge d'un mur d'enceinte d'une bonne vingtaine de mètres.

Il n'aime pas le temps d'ici. Contrairement au froid d'Alsace, tranchant, celui du Vexin lui semble sournois. Il a trop chaud avec son manteau, mais est transi dès qu'une bourrasque chargée d'humidité se lève et pénètre ses os. Pressé de se mettre à l'abri, il pousse le portail en fer forgé et emprunte le chemin dallé. De part et d'autre, une pelouse s'étend, recouverte de feuilles tombées et abîmées par la pluie. À gauche, une eau glauque stagne dans un bassin. Thibaut dresse inconsciemment la liste des choses à faire avant la mise en vente. La pompe, qui alimentait certainement la fontaine japonaise en bambou, devra être débouchée. L'automne et le manque d'entretien donnent au jardinet un air triste. Cependant, des efforts évidents ont été alloués à son aménagement et, malgré la saison, l'espace laisse entrevoir la tournure charmante qu'il prendrait une fois les beaux jours revenus.

Thibaut rejoint le porche. La porte d'entrée, simple, n'est pas blindée, et il sort de sa sacoche la clef plate remise par sa mère. Il la tourne avec facilité dans la serrure. Il s'introduit à l'intérieur. Il pose son sac à terre, dans une large entrée. Au fond, face à lui, un escalier imposant en pin clair s'enroule après quelques marches. Thibaut ferme derrière lui et découvre, directement à gauche, une charmante cuisine, dont les murs sont recouverts de petits carreaux bleus. Une fenêtre donnant sur le jardinet baigne la pièce d'une lumière blanche. Il retourne dans l'entrée et se dirige, cette fois, à droite. Il s'avance dans un salon accueillant. Un canapé en velours bleu fait face à la cheminée. Un tapis en laine écrue réchauffe la pièce. Les murs sont habillés de belles huiles sur toile où s'étalent des paysages de campagne, des chaumières douillettes dont les cheminées laissent échapper de la fumée. Une étagère en rotin abrite une impressionnante collection d'albums photos. Depuis le salon, il se dirige encore à droite et pénètre dans une pièce, visiblement le bureau de sa tante. Un vaste secrétaire Empire trône au centre, un ordinateur portable posé au milieu. Le mur de gauche est garni de hautes armoires à portes vitrées dont les étagères sont recouvertes de velours rouge. Contrairement à la cuisine, la pièce est éclairée d'une lumière jaune provenant d'un bow-window à petits carreaux anciens dont le verre est parsemé de bulles. Une banquette confortable s'encastre sous la fenêtre et semble être un point d'observation optimal. Son occupant bénéficie d'une vue diffuse sur le village alors que la haie qui entoure le jardinet le cache en toute discrétion. Le rez-de-chaussée n'est pas grand. Thibaut s'élance dans l'escalier. Arrivé en haut, il a un choc en découvrant l'étage, presque monacal par rapport au salon richement meublé. Il n'y a que deux pièces, séparées par une salle de bains étroite. Il inspecte du regard la chambre de sa tante, sans oser y entrer. La seconde, manifestement inoccupée du temps de sa tante, sert de lingerie ; en témoignent la planche à repasser et les trois panières en osier posées à même le sol. Thibaut repère néanmoins avec soulagement un lit. Il n'aura pas à dormir dans celui de sa tante. Dans la salle de bains, la baignoire et la vasque sont toutes deux d'un émail rose sombre. Ici aussi, les murs sont recouverts de carrelage. Mais là où le bleu de Delft apporte à la cuisine un charme suranné, les fleurs en surimpression ne font que renforcer l'aspect démodé de la pièce.

Thibaut s'interroge. Ida a eu un certain goût pour la décoration et les meubles anciens, goût qu'elle n'a visiblement investi qu'au rez-de-chaussée.

Il effectue un rapide aller et retour vers l'entrée pour récupérer ses affaires et les dépose dans la chambre-lingerie. Puis, revenu au salon, il s'intéresse enfin au jardin principal. Caché de la rue par le haut mur de pierre et sans aucune ouverture visible, il se découvre uniquement depuis la fenêtre de cette pièce. Thibaut s'approche, mais est gêné par un escabeau posé juste devant. Il en empêche l'accès et ne paraît pas à sa place. Agacé, les bras empêtrés par l'échelle, Thibaut ne distingue d'abord pas plus qu'un jardin presque nu. Sans l'arbre trônant en plein centre, le paysage aurait été tout à fait désolé. Soudain, le coin de son œil accroche un détail. N'ayant toujours pas trouvé de place pour l'escabeau, il le dépose au centre de la pièce et vient coller son nez à la vitre. Il a un sursaut de stupeur.

Là, au fond du jardin emmuré, se tient tranquillement un poney en pleine mastication.

Thibaut passe mentalement en revue le plan de la maison, il n'a repéré aucune porte menant vers l'extérieur. Sa seconde visite, au pas de course, confirme ses souvenirs. Il s'énerve, perd patience. Il se met à retourner le rez-de-chaussée, à pousser les armoires. En désespoir de cause, il passe ses doigts sur les murs pour essayer de détecter une fissure invisible, en vain. Aucune porte ne relie la maison au jardin de derrière. Vaincu, il laisse son regard errer sur le salon en désordre. Il pose à nouveau les yeux sur l'escabeau. Serait-ce possible ? Et lentement, la pensée paradoxale se forme dans son esprit : qui voulait profiter de la longue pâture devait passer par la fenêtre.

Il dépose l'escabeau à sa place d'origine et lutte contre la désagréable sensation de revenir à la case départ. L'ouverture de la fenêtre lui demande plus d'efforts qu'anticipé. Une fois un crochet défait, il doit tourner une clef et, enfin, déplacer une lourde tige en fer forgé qui barre l'ouverture horizontalement. Après avoir monté la marche, il bascule sa jambe et atterrit sur des parpaings, de toute évidence déposés de l'autre côté du mur pour faciliter le passage. Il est dehors.

Dans son ardeur à trouver la sortie, il a oublié de passer son manteau et frissonne. Qu'importe, il ne retarde pas plus son inspection. Dans le jardin, Thibaut note évidemment la présence du poney, qui l'ignore et mastique sans discontinuer. Le shetland est posté à côté d'un box ouvert, construit en bois pour l'accueillir en cas de pluie ou de grand froid. Puis Thibaut porte son attention sur la végétation. Un catalpa massif se dresse au centre du jardin. Si l'été, ses feuilles géantes offrent certainement au poney un large abri contre le soleil, aujourd'hui, elles recouvrent le sol autour de l'arbre, tels d'énormes insectes morts à la carapace recroquevillée. Enfin, dernier détail, il repère un arbrisseau, planté dans un coin. Thibaut se sent bien incapable de l'identifier à ses feuilles dorées. Après un nouveau regard vers l'ensemble, Thibaut hoche la tête, pour lui-même. Le jardin n'a clairement pas été investi. Quand on y pense, cela paraît normal. N'importe quel jardinier aurait été découragé de voir ses plantes risquer de se faire dévorer par une bête vorace.

Toujours troublé d'avoir dû passer par la fenêtre, Thibaut reprend ses recherches. Il veut savoir si le mur extérieur présente les traces d'une ancienne porte. D'abord de loin, puis de près, il observe méticuleusement les pierres de la maison. Il plisse les yeux, ou alors les ouvre en grand. Ici, la jointure des pierres ne suivrait-elle pas la forme d'un arceau ? Et là, la taille des blocs ne serait-elle pas différente ? Après de longues minutes, il doit pourtant s'avouer vaincu. Il n'a détecté aucun signe probant d'un accès condamné. Cela dit, il n'est pas facile d'en avoir le cœur net. Le lierre, qui à certains endroits s'est fortement développé, cache des pans entiers de la façade arrière. Il entreprend ensuite un tour du mur d'enceinte, pour trouver l'ouverture qui pourrait mener à la rue. Mais là aussi, il fait chou blanc.

Avant de retourner vers la maison, il ne lui reste plus qu'une chose à faire. Avec appréhension, il se dirige vers le poney, mais garde ses distances. Il le salue, murmure qu'il veut juste faire connaissance. Le shetland émet un ronflement sonore et Thibaut sursaute. Il recule vivement et s'élance vers la fenêtre, de peur que la bête le charge. Arrivé devant les parpaings, il ose regarder derrière son épaule. Le poney n'a pas bougé. Il s'est même remis à brouter.

Ignorant les pensées acerbes de son esprit à propos de sa propre pleutrerie, Thibaut est prêt à grimper. C'est à ce moment qu'il remarque les lourds volets encadrant la fenêtre. Leur aspect neuf contraste avec la vieille bâtisse. Ailleurs, il a l'impression qu'Ida a pourtant voulu respecter le cachet ancien de la maison, et son choix l'étonne. Il s'approche et note que les volets sont munis d'un fermoir. Il s'interroge. La porte d'entrée de la maison n'est-elle pas pourvue d'une simple serrure ? L'important dispositif de sécurité installé à l'arrière de la maison le laisse circonspect.

Ce jour-là, il formule pour la première fois la question qui ne le quittera pas. Pourquoi tous ces efforts pour une fenêtre, quand il n'y a même pas de porte ?

— 3 —

Après une première nuit agitée, Thibaut gagne la cuisine d'un air morose. Il a mal dormi et, comme trop souvent maintenant, s'est réveillé en sueur. Il scanne la pièce et sent l'inquiétude monter. Aucune trace d'une cafetière. Il se met en quête de la précieuse machine et ouvre frénétiquement les placards de la cuisine. Après quelques minutes de recherche infructueuse, lui, pourtant si prompt à se proclamer puriste, se surprend à désirer ne serait-ce qu'un stick de café soluble sans saveur. Définitivement de mauvaise humeur et privé de sa boisson, la cohabitation de Thibaut avec sa tante disparue démarre mal. De son vivant, Ida n'a possédé ni café ni porte, mais a gardé un poney dans son jardin. Bon sang, qui était cette femme ?

Boudeur et désœuvré, assis à la table, il regarde par la fenêtre. Du gris, encore. Il faudra s'atteler à nettoyer le bassin. Il lève le nez et remarque au-dessus de l'évier un assortiment typique de pots en faïence que l'on trouve parfois chez les personnes âgées. Sur leur surface blanche, une belle écriture cursive indique : sucre, farine, thé et café. Fébrile, il attrape le dernier, saisit le couvercle délicat entre son pouce et son index et le soulève. Il observe l'intérieur, hume. Après sa brève inspection, il repose avec méfiance le pot sur la table. Il contient une poudre de couleur marron dont l'odeur est tout à fait suspecte. S'il s'agit de café, il est d'un type que Thibaut n'a encore jamais goûté. De toute façon, la cuisine de sa tante ne recèle visiblement rien qui aurait permis de préparer le précieux breuvage.

Avant de prendre la route vers le village, il a vérifié sur internet : le supermarché le plus proche se trouve à dix kilomètres. Citadin, il est habitué à tout avoir à proximité. Ici, a-t-il pensé avant d'entamer le voyage, il lui faudrait un moyen de locomotion. Peu importe, il était sûr de trouver chez sa tante une voiture. Mais la veille, lorsqu'il a visité la maison, il n'a malheureusement pas repéré de garage. Puis, obnubilé par la présence du poney et l'absence de porte, il n'y a plus pensé.

Poussé par son addiction à la caféine, il se dit qu'il est temps de reprendre ses recherches. Il fouille d'abord la maison afin de mettre la main sur un trousseau de clefs qui aurait pu correspondre à celui d'une voiture. Il ne trouve rien et veut ensuite vérifier si la voiture de sa tante n'est pas garée dans la rue, les clefs toujours sur le contact. Alors, en caleçon et en tee-shirt, il enfile sa veste longue, s'enroule dans son écharpe, glisse ses pieds dans ses chaussures et, sans prendre la peine de les enfiler complètement, sort inspecter les alentours. Il déchante rapidement en constatant qu'aucun véhicule n'est stationné. Vu son accoutrement, il préférerait courir vers la maison pour ne pas trop s'attarder dans la rue, mais il est obligé de faire des petits pas, car il marche sur ses lacets. Il gagne le porche de plus en plus déprimé.

Sans café et affamé, il se dirige à nouveau vers les placards de sa tante. Il attrape une boîte de biscuits bio fourrés à la figue. À la vue du stock conséquent, soit Ida les affectionnait particulièrement, soit elle les détestait au point de les laisser dans son placard, intacts. Là où un instant plus tôt il avait cherché avec frénésie et sans hésitation la réserve de café d'Ida, il sent maintenant la honte le saisir. Le creux dans son ventre lui intime pourtant l'ordre de repousser l'idée désagréable d'être en train de dépouiller une morte. Le conseil de Camille lui revient en mémoire : démarrer la journée avec une tasse d'eau chaude. Du système nerveux au tractus digestif, ce rituel a, semble-t-il, le pouvoir de tout guérir. Aujourd'hui paraît être l'occasion idéale pour commencer, mais au souvenir de son unique essai, il a la nausée.

La cuisine est fraîche. Il emporte plutôt son petit déjeuner vers le salon et s'installe. Il entame la boîte cartonnée, en échouant évidemment à suivre l'ouverture facile et sort enfin le biscuit de son sachet fraîcheur. Un plaid sur les épaules, il s'installe enfin sur le canapé, après avoir déposé un album photo repéré la veille sur la table basse devant lui. Les vieux documents ne rebutent pas le journaliste qu'il est. Ou tout du moins qu'il a été, avant de perdre son travail. Au contraire, il est toujours atterré lorsqu'il tombe, à la faveur d'une foire à tout, sur un stand où des albums de famille sont vendus. Il est effaré à l'idée que l'on puisse se débarrasser ainsi d'un pan de sa vie, que l'on ne consacre pas plus de respect à ses ancêtres. Et surtout, il se demande qui, à part peut-être des journalistes comme lui, certes un peu voyeurs, peut bien acheter les souvenirs des autres. Des collectionneurs, à la rigueur.

Il termine son premier biscuit et en fourre un deuxième dans sa bouche. Dans l'album, il observe sa tante. Souriante, elle pose dans plusieurs pays. Le recueil est consacré à l'année où elle est allée en Amazonie, chez les Aguarunas très exactement, comme une note manuscrite le précise. Cette même année, les pages tournées par Thibaut lui apprennent qu'Ida a aussi traversé la Mongolie à dos de cheval. Thibaut jette un coup d'œil à la collection impressionnante d'albums dont il a tiré celui-ci. Sur la tranche de chaque classeur est inscrite une année. Vu leur nombre, Ida a dû fouler tous les continents. Il fait un rapide calcul, la collection commence alors que sa tante est déjà adulte.

Il s'apprête à engloutir un troisième biscuit lorsque la porte d'entrée s'ouvre et vient claquer avec fracas contre le mur. Thibaut sursaute et perd son biscuit dans les coussins. Il n'a pas le temps de réagir alors qu'une femme débarque dans le salon sans prévenir. Un air de maîtresse des lieux sur le visage, elle ne s'émeut pas de trouver un homme sur le canapé, à moitié habillé. Elle ne s'excuse pas non plus de ne pas avoir sonné. Elle décline simplement son nom, Sigrid, avec un sérieux qui rend la tenue de Thibaut encore plus ridicule. Elle ajoute, presque solennelle, être là pour le poney. Elle ajuste une sacoche en cuir sur son épaule, traverse la pièce. Thibaut, qui, pendant la brève introduction de Sigrid, a retrouvé quelque peu ses esprits, s'apprête à se présenter comme le neveu d'Ida. Mais Sigrid a déjà ouvert la fenêtre, grimpé l'escabeau et sauté dans le jardin.

Interdit, Thibaut laisse néanmoins son ébahissement et les photos de côté pour se mettre rapidement sur ses pieds. Il fonce vers la fenêtre, grimpe l'escabeau, bascule une jambe dehors, s'aperçoit de la nudité de son membre inférieur, le rapatrie vite à l'intérieur. Il court à l'étage, enfile un pantalon et un pull en laine. Un arrêt dans l'entrée lui permet d'enfiler ses chaussures, correctement cette fois, mais sans prendre le temps de nouer les lacets. Enfin, il saute dehors et atterrit sur les parpaings. Ces dernières minutes lui ont rafraîchi les idées. En quelques foulées décidées, il se poste devant Sigrid. Il compte se présenter avec confiance, afin de faire comprendre avec subtilité, mais fermeté, que ce n'est pas lui, l'intrus dans la maison d'Ida. Mais en voyant la femme auprès du poney, il oublie toute velléité. Fébrile, il va enfin pouvoir poser à quelqu'un la question qu'il retourne dans sa tête depuis son arrivée, et déclare :

— Excusez-moi, Sigrid, vous savez d'où il vient, ce poney ? Et surtout, comment il s'est retrouvé là ?

D'un petit rire qu'il espérait charmeur, mais sans grand espoir de ce côté-là, il ajoute :

— Je veux dire, manifestement, il n'y a aucune issue reliant le jardin à la rue. Et j'ai eu beau chercher une porte entre la maison et la pâture, je n'ai rien vu.

Sigrid, visiblement agacée d'être interrompue, relève la tête et le regarde froidement. Thibaut fait mine d'ignorer son air rébarbatif et continue de pérorer sur l'absence de porte. La veille, il lui a fallu retourner le salon avant de comprendre l'utilité de l'escabeau. S'inscrit alors sur le visage de la femme un air atterré, et Thibaut regrette de s'être lancé dans cette histoire où ses capacités intellectuelles ne sont pas mises en valeur. Il finit par se taire. Sigrid, certainement par pitié pour le malaise de Thibaut, lui répond enfin. Toujours sèchement, elle déclare ne pas savoir comment l'animal a fait pour se retrouver dans le terrain clos. Puis d'un geste brusque, elle noue à sa taille un tablier de cuir, tire d'une poche un outil, sorte de lime géante, et se penche vers le postérieur gauche du poney pour commencer les soins. La conversation est clairement terminée. Même le poney semble lancer à Thibaut un regard de reproche. Penaud, se sentant de trop, il fait donc demi-tour et escalade la fenêtre.

Au moins, dans la maison, il est à l'abri du vent. Il s'enroule dans le plaid, même si la matière le gratte. Il s'agit d'un beau tissu tartan aux teintes jaunes. Thibaut a certes été remercié, mais il ne peut s'empêcher d'espionner les occupations de la femme. Il se poste devant la fenêtre. Maintenant qu'il le regarde plus attentivement en plein jour, le poney ne lui paraît pas bien fringant. Il l'imagine mal passer par la fenêtre du salon, même dans ses jeunes années et alors qu'il était plus ferme sur ses pattes.

Caché par les épais rideaux bleus, du moins l'espère-t-il, il délaisse vite le shetland et porte son attention sur Sigrid. Elle s'attelle maintenant au postérieur droit du poney, ce qui offre à Thibaut un meilleur aperçu de la femme. Elle a placé le fin tibia entre ses cuisses et posé le sabot dans sa main. Dans cette position, ses cheveux auburn lui tombent sur le visage rougi par l'effort. Elle lime la corne excessive avec vigueur et Thibaut peut admirer ses biceps bander sous l'effort.

Un jour, Camille lui a soutenu que les hommes préféraient les femmes menues, celles qui leur donnaient plus facilement l'illusion de devoir être protégées. Thibaut se demande ce qu'elle penserait à le voir jeter des regards concupiscents à l'énergique Sigrid. Grande, pas vraiment fine, elle semble cacher sous son tablier de cuir des muscles puissants. Son travail au grand air lui donne une mine superbe, bref, elle n'est que force de vie, et Thibaut se surprend à rêver d'y goûter.

Elle rappelle à Thibaut cette statue d'Athéna illustrée dans un livre d'art. Colosse de fer, elle se dresse fièrement sur son socle, la tête haute. Sa toge moule son corps et semble promettre une musculature ferme. La déesse contrastait avec les belles alanguies exposées au chapitre consacré à la Renaissance, dont la chair molle de Vénus sortie des flots occupait une double page.

Alors qu'il est muré dans une sorte de léthargie depuis son célibat imposé, cette soudaine pulsion le surprend, à plus forte raison que l'air déterminé, presque belliqueux de sa déesse détonne avec celui de Camille, dont les traits étirés lui ont toujours rappelé le modèle au regard doux choisi par Modigliani pour peindre la célèbre femme assise à la robe bleue.

Après une bonne demi-heure, Thibaut voit Sigrid ramasser ses affaires. Vite, il s'installe à nouveau sur le canapé et fait mine d'être plongé dans l'album. La déesse grecque, également maréchale-ferrante, saute au sol avec lourdeur. Il fait mine de ne pas avoir guetté ses pas et relève la tête, un air faussement indifférent sur le visage. Sigrid lui concède enfin quelques mots. Elle passe tous les jeudis pour s'occuper du vieil animal et ne voit pas la mort d'Ida comme une raison suffisante pour arrêter les soins de la bête. Elle lui explique que les granulés se trouvent dans le petit appentis accolé à la cuisine, mais ne se donne pas la peine de montrer l'endroit à Thibaut. Il devra en donner au poney une louche, une fois par jour. Le vieux Jacques passe tous les mois déposer un peu de foin, qu'il balance à l'aide de son tracteur par-dessus le mur du jardin, depuis la rue. À chaque instruction, Thibaut opine de la tête, comme un élève appliqué. Puis elle ne dit plus rien. Il se rappelle alors que c'est lui, le parent d'Ida, et se lève du canapé pour évoquer l'éventuelle rémunération dont il souhaite s'acquitter pour couvrir les soins du poney et la nourriture. Sigrid lui lance un regard glacial, et il essaie de changer de sujet à toute vitesse. Elle n'aurait pas réagi autrement s'il l'avait insultée.

Malgré la piètre impression qu'il donne, Thibaut, déjà submergé par la passion aveugle des adorateurs, ne perd pas espoir et, afin d'entrer dans les bonnes grâces de la déesse, déclare sur le ton de la plaisanterie qu'il lui offrirait bien un café, mais qu'il n'en a pas trouvé dans les réserves. La seule chose s'approchant est une poudre louche.

— Et croyez-moi, à mon avis, il vaut mieux en rester éloigné ! Ma tante l'a certainement rapportée d'un de ses voyages lointains. Dieu sait de quoi il s'agit et comment ça se prépare !

Voulant faire de l'esprit, il ajoute même que c'est peut-être une nouvelle drogue venue d'Amérique du Sud. À cet instant, il prend conscience que la volonté d'animer sa déesse statufiée lui fait dire n'importe quoi.

Quelque chose se meut enfin chez Sigrid et, d'un air consterné, elle précise que sa tante ne buvait que de la chicorée, produit auquel il fait certainement référence. D'après la façon dont elle le regarde, il est clair qu'elle considère ses lacunes impardonnables pour un homme de son âge. Puis, du même geste qu'elle a eu en arrivant, elle ajuste sa sacoche sur l'épaule et le plante là. Déjà dans l'entrée, elle ajoute, le dos tourné, qu'elle passera la semaine prochaine. Qu'il ne se sente pas obligé d'être à la maison, elle a les clefs.

Une fois Sigrid partie, il faut à Thibaut quelques secondes pour réagir. Il gagne, honteux, la cuisine. Il remet à sa place le pot en faïence dont il a, une heure plus tôt, pensé vider le contenu à la poubelle. Jetant un œil par la fenêtre, il voit tourner la déesse au coin de la rue. Il pense aux futurs acquéreurs de la maison. Jamais Thibaut n'osera demander à Sigrid qu'elle lui remette son trousseau de clefs.

Il soupire. Soudain, la fatigue des mauvaises nuits à répétition s'abat à nouveau sur lui. Il est temps de se rendre au café du village.

— 4 —

Au cours de ses reportages, Thibaut a acquis un savoir accessoire, mais précieux. Les cafés des petites villes et villages de France offrent l'avantage certain de n'être pratiquement fréquentés que par des hommes. Thibaut, pourtant solitaire ces derniers temps, cherche aujourd'hui le réconfort de ses semblables. Là, au milieu des villageois, il panserait ses plaies. La réaction parfaitement placide de Sigrid à son égard l'a touché plus qu'il ne veut l'admettre. Devant elle, il s'est senti ridicule. À présent, il est en colère. La situation lui paraît injuste. Après le départ de la déesse implacable, il a consulté internet et a appris que la chicorée est bien plus courante ici dans le nord de la France que dans son Alsace natale. S'était-elle vraiment attendue à ce qu'il connaisse toutes les spécialités du pays ?

Thibaut pousse la porte du café et est accueilli par un bonjour prudent du patron. Dénouant son écharpe en laine d'Australie, cadeau de Camille d'une époque où elle avait encore espoir d'égayer son style, il traverse bravement la petite salle et s'installe au bar, oubliant un peu sa bouderie. Dans son dos, une télévision déverse un léger bruit de fond qu'aucune conversation ne recouvre. Si les hommes du village étaient en pleine discussion, ils se sont interrompus à l'arrivée de l'étranger. Habitué, Thibaut ne s'en émeut pas, ces choses prennent du temps. Il commande avec avidité un café bien serré et, pour avoir quelque chose à faire, se tourne vers l'écran. Il s'attend à voir le résultat des courses hippiques ou le plateau d'une chaîne d'information en continu. Il s'étonne lorsqu'il reconnaît le sémillant présentateur d'une émission de jardinage. Ce n'est pas le genre de programme qu'on s'attend à voir dans un café, repère traditionnel de la gent virile du village.

Le bruit du percolateur emplit momentanément la pièce et on lui sert un expresso bien tassé. Il avale d'une traite son café et commande aussitôt le second. Les conversations reprennent peu à peu, et Thibaut apprend le nom du patron, André. Les clients les moins mobiles, comme l'homme en fauteuil roulant, sont directement servis en salle. Cela permet à Thibaut d'admirer la tenue d'André. Son pantalon en velours côtelé bordeaux (mais Camille aurait dit « framboise écrasée ») tranche avec le vert anis de son épais tricot. Ses bottes en caoutchouc marron sont assorties au col de son polo. Thibaut estime André proche de la retraite, mais est pourtant impressionné par son allure. La taille haute, le teint frais, il a, à n'en pas douter, affaire à un homme qui fait de l'exercice. Les nombreux plis autour des yeux du patron indiquent une exposition prolongée au soleil, ce que Thibaut trouve louche pour un Picard. À cette réflexion, il resserre inconsciemment les pans de sa veste et enroule son écharpe.

Une fois le service en salle terminé, le patron vient reprendre sa place derrière le bar. Debout sur l'estrade, il domine légèrement et Thibaut prend une inspiration. Il reconnaît le moment, celui où le patron de café endosse le rôle de chef de clan. André ouvre le bal et lui demande ce qui l'amène dans la région. Derrière lui, Thibaut le sent, personne ne bouge, mais il sait que l'assemblée est à l'écoute. Rompu aux coutumes des bistros, il se plie au jeu de bonne grâce. N'était-il pas venu pour trouver la chaleur des échanges masculins ? Il apprend au chef (et, par la même occasion, aux soldats curieux) qu'il est le neveu d'Ida.

André abandonne immédiatement sa retenue initiale.

— Ah, la grande dame ! C'est bien triste qu'elle soit partie comme ça, elle manquera au village.

Les mots du chef atteignent les hommes. Comme saisis par une soudaine solennité, ils veulent être dignes et se redressent du mieux qu'ils le peuvent derrière leurs verres.

— C'est sûr qu'on l'aimait bien, la Ida. Avec elle, t'avais l'impression d'être un homme du monde !

— Mais attention, hein, va pas croire qu'elle était snob, pas du tout ! Mais comme elle en avait vu du pays, ce n'était plus de son âge de prendre les gens de haut.

— Ouais, Ida, c'était la bonté incarnée. Avec du caractère, attention hein, fallait pas la chercher non plus ! Mais elle aurait vu du bien même chez le plus con d'entre nous. Hein Marcel ? Oh, ça va…

— Dis donc, n'empêche, maintenant que j'y pense, on t'a jamais vu avant. D'ailleurs, Ida, elle n'a jamais reçu de famille…

Mal à l'aise, Thibaut ne souhaite pas s'appesantir sur la relation entretenue par sa famille avec Ida. Qu'aurait-il dit à cette bande d'hommes naturellement méfiants que sa tante avait par miracle su gagner à sa cause ? Qu'auraient-ils pensé de lui s'il leur révélait avoir uniquement entendu dire du mal de sa tante ?

Thibaut tente de dévier la conversation et en profite pour embrayer sur un sujet au fort potentiel obsessionnel.

— Le poney ? Bien sûr, on sait qu'il y a un poney chez Ida. Oh là, ça doit remonter… Faudrait demander au Père Alain s'il se souvient de son arrivée ; il est né au village, alors il doit bien savoir. Cela dit, il a passé plusieurs années à la ville pour ses études au séminaire, alors…

— Il n'y a pas de porte ? Bah j'en sais rien, moi, comment ils ont fait pour faire passer le poney, par la fenêtre sûrement. Pourquoi ça t'intéresse, t'as envie de la sortir de chez elle, la pauv' bête ? Non ? Bah alors, te pose pas tant de questions, va.

— Dis donc, t'as l'air grognon d'un coup, c'est ce poney qui te chiffonne ?

Thibaut ravale sa déception et met son humeur sur le compte de son addiction à la caféine. Il assure à André que, privé de sa cafetière matinale, il a un peu de mal à démarrer la journée. Mais une fois ses deux tasses digérées, ça ira mieux. Il en profite pour demander si un bus relie le village au supermarché. Il comptait trouver une voiture en arrivant, mais il semble que sa tante n'en possédait pas.

André rapporte à Thibaut qu'Ida sortait peu de chez elle et quittait rarement le village. Sa voiture, elle en avait fait don à la nièce du patron qui avait du mal à joindre les deux bouts. Sans rien attendre en retour, gratuitement. C'était ça, Ida ! Ils avaient passé un accord. Si elle avait un déplacement à effectuer, elle pourrait emprunter la voiture d'André. Puisque Thibaut est du même sang que la grande Ida, le fourgon Renault Express est également mis à sa disposition.

Visiblement passé de l'étranger hostile au fils prodigue en un temps record, il rougit sous le regard admiratif des hommes du village.

— 5 —

Le jeudi matin suivant, Thibaut s'assoit à la table de la cuisine et se frotte le visage. Il a encore passé une nuit éprouvante. Cette histoire de porte a aggravé son état.

Il regarde avec passion le café noir infuser dans la carafe à piston. Il espère que le liquide chaud le revigorera. Il se félicite une fois de plus d'avoir pris le patron de bar au mot. Le jour même de leur rencontre, il avait emprunté le fourgon d'André. Le patron avait attrapé les clefs et mené Thibaut dehors. Devant la deux places blanche, André lui avait tendu le trousseau et ouvert la porte. Thibaut avait ensuite poussé jusqu'à la ville. Il s'était garé non sans mal sur le parking du supermarché, après avoir manœuvré longuement, car le véhicule ne possédait pas de direction assistée.

Il était sorti et avait enfoncé la clef dans la serrure, il n'y avait pas de carte électronique pour ce modèle, et après plusieurs tentatives pour la tourner, il avait abandonné l'idée de verrouiller la portière. Il avait dû se résoudre à laisser la voiture ouverte, sans surveillance, et avait traversé les places vides, courant vers l'entrée, angoissé. Il avait visité les rayons en vitesse et déposé ses courses dans un panier qui roulait mal et dont la poignée se rabaissait sans cesse dès qu'on la lâchait. En moins de quinze minutes, il avait payé et s'était retrouvé dehors, pour constater que le véhicule n'avait bien sûr subi aucune effraction sur ce parking de campagne. Thibaut avait rangé dans le coffre son butin. À côté du stock de café nouvellement acheté, la pile de gâteaux à la figue d'Ida paraîtrait ridiculement basse.

Sur le chemin du retour, apaisé tel un pirate qui posséderait plusieurs tonneaux de rhum d'avance, il avait porté son attention sur le paysage. À part le chemin qui longeait le bois, emprunté le premier jour depuis la gare, il n'en avait pas encore vu grand-chose. Dans cette région, le ciel s'en tenait apparemment aux teintes de gris. Il n'aimait pas traverser ces grandes plaines. À cette saison, les champs n'étaient que boue remuée. Seules les corneilles semblaient apprécier ces étendues mortes. Les vallons alsaciens, couverts de conifères, restaient verts toute l'année. Ils lui manquaient. Sans les Vosges pour découper l'horizon, il avait une impression inachevée là où tout était plat.

Lorsqu'il franchissait un village vexinois, il pensait aux maisons alsaciennes dont les couleurs, selon la légende, auraient d'abord organisé la société. Une façade rouge pour désigner les métiers de fer, une bleue pour les métiers du bois, une jaune pour le métier de boulanger-pâtissier, et enfin une verte pour les métiers du tissu et du cuir. Selon le mythe, cette codification s'avérerait essentielle pour ceux qui ne pouvaient pas lire une pancarte. Explication véridique ou pas, les couleurs étaient restées et habillaient les vallées. À l'inverse de sa région natale, les maisons en pierre blanche qui défilaient sous les yeux de Thibaut lui paraissaient dénervées, apathiques.

Il presse sur le piston de la machine toute neuve et fait descendre le marc au fond de la carafe, puis se verse une tasse. Il a trouvé au supermarché sa marque de café favorite, Illy. Elle est même approuvée par son ami italien, c'est dire. Il avale le liquide brûlant et espère que son humeur maussade s'estompera. Il a encore rêvé. Il s'est réveillé mal à l'aise et trempé de sueur.

Depuis plusieurs années, Thibaut fait un rêve, de type récurrent et dont on sort angoissé. Il se trouve dans le couloir de la maison de ses grands-parents, face à la porte fermée donnant sur les étages. Il la regarde, terrorisé, il sait que son grand-père se trouve derrière. Chaque fois, il se réveille trempé et le cœur battant. Une fois le sentiment d'effroi passé, il éprouve systématiquement de la colère contre lui-même. La peur ressentie ne revêt aucune explication logique. Il n'a même pas connu son aïeul, mort subitement quand sa mère avait onze ans.

À l'époque de leur vie commune à Strasbourg, avant qu'elle ne le quitte, Camille le lui a répété maintes fois : la seule façon de se débarrasser de son rêve serait d'ouvrir la porte.

Thibaut a d'abord été sceptique et réticent. Mais ses nuits de sommeil agité ont été de plus en plus nombreuses, et Camille, censée dormir à ses côtés, de moins en moins reposée. À force d'insistance, il a fini par céder. Il a appris les principes des rêves lucides et s'y est exercé. Chaque fois qu'il fait ce rêve, il oblige son inconscient à le faire avancer vers la porte. Il a mis quatre mois à franchir la courte distance. Cinq de plus à poser la main sur la poignée.

Et depuis plusieurs semaines, il en est là, à essayer de tourner cette fichue poignée, mais cette dernière étape est, de toutes, la plus terrifiante. À son grand dam, il reconnaît ne plus progresser. Pourtant, ces derniers jours, ce n'est pas faute d'avoir eu l'occasion de s'entraîner ! pense-t-il amèrement. Car, depuis son arrivée chez Ida, la fréquence d'apparition de son rêve s'est accélérée.

— 6 —

Depuis une semaine, Thibaut s'efforce de classer les affaires d'Ida en deux tas : à donner, à jeter. Voyant le peu de tri accompli, il commence à se demander combien de temps il lui faudra passer dans la maison. Chaque matin, plein d'une détermination nouvelle, il se promet qu'une pièce sera terminée à la fin de la journée. Irrémédiablement, au lieu de ranger, il finit par passer tout son temps à étudier les affaires de sa tante. Il est capable de scruter pendant des heures les photos collées avec soin dans les albums. La collection d'art précolombien, quant à elle, repose dans la vitrine, exempte de poussière. Quand une pause est nécessaire dans son tri inefficace, il se sert dans la bibliothèque. Le meuble recouvre un pan entier du salon et il s'amuse à lire des chapitres au hasard. Sa tante a eu une préférence pour les romans, américains, surtout. Elle possède tous ceux de Jim Harrison, et Thibaut redécouvre avec un plaisir coupable la prose du vieil irrévérencieux. Une étagère est également allouée aux livres de développement personnel et à la psychologie. Le dernier niveau, près du sol, est réservé aux ouvrages inclassables, dont un lourd recueil consacré aux jardins japonais ou bien un guide à la couverture jaune, plus étonnant, destiné aux inexpérimentés désireux de se lancer sur les réseaux sociaux.

Ce jour-là, plein d'une résolution nouvelle, Thibaut a jeté son dévolu sur le bureau. Il s'assoit devant le secrétaire et s'apprête à en ouvrir les tiroirs lorsque son regard s'arrête sur l'ordinateur portable de sa tante. Machinalement, il ouvre l'écran et appuie sur la touche de démarrage. L'ordinateur requiert un mot de passe. Sous le champ de saisie apparaissent les mots : « un indice ? » Thibaut clique dessus et voit apparaître le nombre 1999. Il n'est pas plus avancé. Il referme l'ordinateur et décide plutôt de revenir à sa résolution initiale. Il s'attelle aux documents papier. Évidemment, au lieu de les classer, il passe la journée les étudier.

Alors que le jour tombe, il abandonne sa tentative de rangement et replace le tout dans les pochettes créées par sa tante. Il se lève du fauteuil confortable et se dirige vers les armoires imposantes, documents en main. Il tourne la petite clef en laiton et dépose les pochettes à leur place sur les étagères. Puis il repousse les portes vitrées qui se referment dans un long grincement. Comme chaque soir, résigné, il prend acte de son échec. Pour ne pas trop s'accabler, il impute cette fois-ci sa défaite au caractère même de la pièce. Il en est certain, il fera mieux demain. Il s'attaquera à la chambre. Cette fois-ci, il s'en fait la promesse, il ne se laissera pas distraire. De toute façon, il en est convaincu, il sera très facile pour lui de vider la garde-robe de sa tante ! Il n'a aucun intérêt pour les vêtements.

Il n'a jamais prêté beaucoup d'attention à son apparence et ne prend aucun plaisir à choisir sa tenue le matin. Le soir de leur rencontre chez un ami commun,

Camille s'était d'ailleurs gentiment moquée de lui. D'un air catégorique, un peu surjoué en raison du vouvray qu'elle avait sifflé, elle lui avait déclaré avoir tout de suite deviné son métier de journaliste à sa mine légèrement désabusée, sa sacoche déformée par son appareil photo, son pull délavé et son jean mal ajusté. Plus tard, étonné qu'elle l'eût embrassé, elle avait admis avoir été séduite par son ignorance, il ne se croyait pas beau. Non sans amertume, Thibaut constate que son charme naturel n'a malheureusement pas suffi à cacher son fond dépressif. La patiente et résiliente Camille avait fui, elle l'avait abandonné.

Il ne peut même pas la blâmer. Il ne fallait pas se raconter d'histoire, son cynisme n'aurait pas pu passer pour de l'esprit indéfiniment. Qu'avait dit Camille déjà ? Ah oui, qu'il était incapable d'apprécier son bonheur. Vers la fin, elle lui avait confié se demander s'il ressentait les émotions comme tout le monde. Elle commençait à le voir traverser la vie, comme anesthésié. Elle le croyait quand il lui disait l'aimer, mais elle ne pensait pas que l'amour dont il était capable vibrait très fort. Elle n'était même pas en colère, elle avait dit ça d'un air triste, empreint de pitié, ça avait été cela, le pire. Évidemment, il s'était braqué. Il s'était fermé. Incapable de la rassurer, de lui exprimer ce qu'il ressentait pour elle, il avait attendu qu'elle vienne, comme d'habitude, le rechercher. Paralysé, il avait espéré être tiré du gouffre gluant dans lequel il s'empêtrait et dont il ne pouvait pas lui parler. Mais elle n'en avait plus eu la force. Elle était partie.

Thibaut rumine ces idées en s'enfilant la moitié d'une bouteille de vin achetée au supermarché, puis s'effondre lourdement sur le lit de la chambre-lingerie.

Le jour suivant, fidèle à sa résolution de la veille, il a placé deux sacs normalement dédiés aux déchets verts, résistants et à forte contenance, sur le sol de la chambre d'Ida. Celui de gauche sera pour les vêtements encore en bon état, qu'il déposera chez Emmaüs. Dans celui de droite iront les frusques destinées à la poubelle. Thibaut s'attaque d'abord à la grande armoire en bois située devant le lit. C'est une belle pièce ancienne, le genre de meuble que l'on ne trouve plus dans les maisons tenues par les jeunes. Elle est ouvragée, et de jolies volutes courent le long d'un miroir ovale. À l'intérieur, les tenues sont bien rangées, suspendues sur des cintres en bois. Quelques baluchons bigarrés, pleins de lavande à l'odeur passée, y sont accrochés.

Thibaut dépose délicatement toutes les tenues contenues dans l'armoire sur le lit. Mais très vite, au lieu de trier les vêtements selon son système établi, il se retrouve à les classer selon leurs fonctions. Il y en a pour tous les temps et toutes les occasions : tenues d'exploratrice en pays chaud, vêtements pour froid polaire, robes de cocktail en velours pourpre, salopettes tachées de peinture. Sa tante possédait également des pièces étonnantes pour son âge : tee-shirts arborant licornes et paillettes et sweats à capuche. Une fois son inventaire terminé, satisfait et oublieux de son objectif premier, il replace chaque pièce avec beaucoup de précautions dans la penderie.

Plus il évolue dans la maison, plus son intérêt pour la vie de sa tante se décuple. Il a toujours été fasciné par ce travail d'ethnologue : découvrir ce qui faisait une vie, ce qui animait une personne. C'est le type de reportage qu'il préférait au journal. Au début de sa carrière, il avait bien cru mourir d'ennui à force de couvrir l'actualité politique de sa région. Il tannait son rédacteur en chef en lui proposant des portraits, des faits divers, la plupart du temps refusés. Le jour où on lui avait donné le feu vert pour couvrir cette histoire de loto, il avait foncé. Il avait, au départ, été très excité à l'idée de se rendre dans ce village du nord de la France. Chaque semaine, tous les habitants participaient à une cagnotte commune et jouaient une grille de loto. Ils s'étaient mis d'accord sur une suite de numéros qu'ils pariaient systématiquement. Il incombait à la buraliste de placer le ticket. Après des années à ce rythme, un jour, le miracle était arrivé. La machine avait enfin craché la suite fétiche du village, plusieurs millions à la clef. Ivres de joie, les joueurs s'étaient tous retrouvés et ne s'étaient au début pas méfiés de l'absence de la buraliste qui ne répondait plus au téléphone. Elle n'avait pu cacher très longtemps la vérité. Elle avait joué d'autres numéros, sans consulter ses camarades. Ils s'étaient crus riches le temps d'un jour, mais ils avaient dû regagner leur vie, modeste pour la plupart d'entre eux. Thibaut, au départ fasciné par le témoignage de ces habitants, prêt à dépeindre un portrait légèrement condescendant d'une certaine classe sociale, avait fini par être dévasté par leur détresse.

C'est avec la même avidité qu'il se lance à la rencontre de sa tante inconnue. D'abord habité par une curiosité toute journalistique, Thibaut commence maintenant à éprouver de la tendresse pour sa tante. Il s'efforce, à travers ses possessions, de retracer son parcours. Les tenues d'Ida, a priori hétéroclites, correspondent bien aux différentes étapes de sa vie, illustrées dans les nombreux albums trouvés au salon. Comme il a déjà passé en revue ses papiers administratifs, Thibaut sait qu'Ida a travaillé pour une association humanitaire. C'est donc pour cela qu'elle a parcouru une bonne partie du globe et fait l'acquisition d'une garde-robe très variée.

Après avoir échoué, sans s'en rendre compte, à vider l'armoire de la chambre, Thibaut s'attaque, presque en transe, à la commode. Sur la plaque de marbre, il suit du doigt les motifs sculptés des brosses à cheveux anciennes en argent. Il soulève les pots de crèmes cosmétiques, peu nombreux, mais qu'il sait assez onéreux. Il reconnaît là la marque utilisée par Camille.

Un jour, il avait voulu lui faire une surprise en remplaçant son flacon-pompe tout juste terminé. Tandis qu'il rentrait bredouille, elle l'avait interrogé sur sa mine déconfite et il avait dû lui avouer que le supermarché n'avait plus en stock sa crème rajeunissante. D'un accent faussement bourgeois, elle lui avait déclaré utiliser une crème disponible uniquement en boutique spécialisée. Thibaut avait été atterré par la complexité que Camille créait dans sa vie.

Il dévisse les pots de sa tante et les approche de son visage pour sentir leur parfum léger de fleurs blanches. Il observe les traces laissées par les doigts d'Ida en prélevant le produit. Puis, transporté, il se met à ouvrir les tiroirs de la commode. Il laisse pudiquement les sous-vêtements à leur place et referme vite le compartiment. Il a juste le temps de noter la diversité également présente ici, culottes et soutiens-gorge confortables se mêlant à la fine dentelle.

— 7 —

Le troisième jeudi, Thibaut est posté devant la fenêtre. Soudain, le poney échappe aux soins de Sigrid. L'animal a repéré l'indiscret et s'avance, certes avec difficulté, mais grande détermination, vers le salon. Thibaut attrape une pomme dans le saladier posé sur la cheminée et ouvre la fenêtre en grand. Lorsque le poney atteint sa hauteur, il lui tend le fruit, la paume de main bien à plat, comme la maréchale-ferrante le lui a appris.

Sigrid, l'outil qu'elle cherchait dans sa besace en main, s'aperçoit de la fuite du poney et rappelle la bête d'une voix autoritaire. Mais l'animal en a vu d'autres et, dédaigneux, s'obstine à mâcher le fruit, projetant de petits morceaux enrobés de bave sur Thibaut, dont la main tient toujours la pomme à moitié dévorée.

De son bras libre, Thibaut caresse l'encolure rousse et s'attelle à démêler la crinière crème. Sa connaissance presque nulle en matière d'équidés se développe peu à peu au contact du poney, et surtout grâce à Sigrid. Mais même si cela fait à présent trois semaines qu'il partage avec le shetland la maison de sa tante, il ne s'est toujours pas habitué aux membres complètement tordus de l'animal. Thibaut ne comprend pas comment la bête tient toujours debout. Pourtant, il n'a pas l'air de souffrir et est même capable de belles accélérations lorsqu'un fruit se trouve au bout du chemin.

Sigrid s'est résignée à rejoindre Thibaut à la fenêtre et saisit d'une main experte le poney par la crinière afin de le ramener près du catalpa, là où elle opère les soins. Thibaut pousse un faible cri, mais elle lui assure ne pas être en train de blesser l'animal, le geste est bien différent de celui consistant à tirer sur les cheveux de quelqu'un.

Thibaut l'observe et admire la force de sa déesse à l'ouvrage. Il lui trouve des airs nordiques ce jour-là, avec ses cheveux ramenés sur sa tête en lourdes tresses. Sigrid, également ostéopathe équin, dispense au poney un massage vigoureux. Elle empoigne sans hésitation la hanche et l'écarte du reste du corps dans une torsion qui paraît, même aux yeux néophytes de Thibaut, très peu naturelle. Les oreilles du poney sont couchées vers l'arrière, et il sait maintenant que c'est mauvais signe. Toutefois, comme la bête n'essaie pas de s'enfuir, il attribue la réaction du poney à l'inconfort plutôt qu'à son mécontentement. Après tout, cela ne doit pas être la première fois pour le shetland, peut-être conscient des bienfaits qu'elle lui apportera.

Sigrid, satisfaite de son travail, adresse une claque sonore sur la croupe et ramasse ses affaires. Elle se dirige vers la maison et Thibaut reste fasciné par son observation. Jusqu'ici, il n'a jamais vu quelqu'un mêler aussi bien douceur et rudesse. En l'espace d'une minute, il l'a déjà entendue rabrouer le poney tel un marin aviné, puis lui caresser l'espace entre les naseaux. Enhardi, il a d'ailleurs essayé de caresser l'endroit à son tour, et il a découvert une zone incroyablement douce et lisse, tel le ventre d'un chiot. Depuis, quand la possibilité se présente, il renouvelle l'opération, mais systématiquement l'animal relève sa lèvre supérieure, comme pour lui rappeler sa fonction de livreur de fruits.

Sigrid a maintenant passé la fenêtre et ils se font face dans le salon. Un peu par habitude, Thibaut l'invite à rester boire un verre. Il a déjà essuyé deux refus les semaines précédentes et s'étonne de sa propre détermination. La froideur avec laquelle Sigrid le traite aurait découragé le plus confiant des séducteurs. Face à cette guerrière viking, il ne se sent pas à son avantage. Avec pour seul atout vestimentaire l'écharpe nouée de Camille, il a conscience d'arborer une mine rendue affreuse par ses trop nombreuses nuits troublées à cause de la fichue porte fermée de son rêve. Il s'attend donc à une fin de non-recevoir, exprimée sur un ton légèrement revêche, et à la voir rentrer directement chez elle.

Mais Sigrid accepte de rester et il se retrouve ainsi bien embêté. Il s'aperçoit qu'il n'a rien à lui offrir à boire, il a englouti la dernière bouteille de vin la veille. Sigrid écoute son aveu et lève les yeux au ciel. Elle lui pointe du doigt l'énorme globe terrestre. L'objet trône à côté du canapé en velours bleu. Le globe un peu kitsch est supporté par des pieds en bois montés sur roulettes. Jusqu'à aujourd'hui, Thibaut a cru que l'objet imposant était le témoignage de l'amour de sa tante pour les voyages. Mais Sigrid lui fait alors remarquer le discret loquet situé au niveau de l'équateur. Une fois le loquet décroché, la planète s'ouvre en deux et découvre ses trésors. Le globe, creux, se révèle être un minibar. Après inspection, Thibaut apprécie la nature de la réserve, principalement constituée de cognacs et d'armagnacs. Il reconnaît aussi deux whiskys, un Caol Ila écossais et un Hibiki japonais.

L'inventaire dévoile le penchant de sa tante pour les alcools forts. On y trouve également des bouteilles sans étiquette emplies d'un liquide transparent. Thibaut en saisit une et l'ouvre en tirant sur la languette en fer du bouchon à l'ancienne. S'en échappent alors des arômes délicieux de prune et de mirabelle.

Il décide de goûter le cognac de sa tante et Sigrid opte pour un armagnac, celui qu'elle avait l'habitude de boire en compagnie d'Ida, précise-t-elle. Thibaut accuse le coup. Il imagine très bien sa tante, décrite comme charmante par chaque personne rencontrée au village, avoir eu à dépenser beaucoup moins d'efforts que lui pour convaincre Sigrid de partager un apéritif.

Thibaut serre les dents. Ils prennent place côte à côte sur le canapé. C'est la première fois qu'il se trouve aussi proche de Sigrid. La plupart du temps, il y a un poney entre eux. Il peut sentir l'odeur caractéristique de celle qui passe ses journées à se frotter aux chevaux. Son pull est d'ailleurs couvert de poils roux. Ses joues pleines, rendues rouges par la dernière heure passée dans le jardin, prennent une teinte vermillon après les premières gorgées. Troublé, Thibaut approche à son tour le verre à ses lèvres et boit. Tout à la nécessité de reprendre contenance, il en oublie d'apprécier la qualité de l'alcool. Désireux de ramener ses pensées sur un terrain plus chaste, il confie à Sigrid avoir, à son arrivée, été surpris par la maison, ravissante bâtisse ancienne meublée avec goût. Sigrid s'en étonne et l'interroge. Sur quel type de foyer avait-il cru tomber ? Il lui confie à demi-mot la raison exacte pour laquelle il s'était attendu à autre chose. Il avait imaginé une maison sordide et froide, à l'image de l'Ida évoquée par sa mère. La demeure se révèle au contraire accueillante. À présent détendu par l'alcool, il déclare à Sigrid être secoué par cette rencontre *post-mortem*. Ida a dû être douce et riante. Pour tout dire, il commence à se sentir honteux de n'avoir jamais essayé d'apprendre à la connaître, honteux de s'être contenté de la version de sa mère.

Ahurie par ce portrait, Sigrid lui parle de leur rencontre. Elle a vu Ida débarquer un jour chez elle, paniquée. Elle l'avait suppliée de venir s'occuper de son poney qui, d'après elle, pouvait à peine tenir debout. Sigrid connaissait tous les chevaux, poneys et ânes du coin, et avait été surprise par la demande de cette étrangère, mais elle n'en avait rien montré. Sans poser de questions, elle avait attrapé sa besace et foncé chez Ida. Dans l'urgence, elle avait docilement suivi la tante de Thibaut et avait enjambé la fenêtre pour rejoindre le jardin. Après un diagnostic inquiétant, elles avaient convenu que la soigneuse passerait tous les jeudis. Le poney a depuis bien récupéré, mais nécessite toujours une surveillance régulière. Et puis, c'était une occasion pour les deux femmes de discuter.

Thibaut, revigoré par le discours de Sigrid, qui ne lui a jamais autant adressé la parole, saisit sa chance et la relance sur l'accès au jardin. Mais d'un geste de la main, Sigrid ignore ses questions. Au regard suppliant de Thibaut, elle accorde un simple haussement d'épaules. Si quelqu'un s'est un jour ému de l'absence de porte, il semble que cette absurdité ne frappe plus personne. Son domaine de compétence, comme Sigrid le rappelle, se cantonne à l'état de santé du poney et ses mauvais traitements subis. Thibaut a en effet remarqué les cicatrices sur la croupe et les flancs de l'animal.

Avec l'air typiquement supérieur de ceux qui se valorisent de ne pas se mêler de la vie des autres, Sigrid est catégorique : si Ida avait voulu lui conter l'origine du poney, elle l'aurait fait. Elle n'a jamais cherché à en savoir plus et a respecté la vie privée de la femme qu'elle a considérée comme son amie. Thibaut s'agace intérieurement de cette soi-disant position morale supérieure. Que sait-elle, pour finir, des gens qui l'entourent ? Au prétexte de ne pas être indiscrète, à côté de combien d'événements fondateurs de la vie de ses comparses la maréchale-ferrante passe-t-elle ? Et puis, c'est trop facile aussi de jouer la carte du respect de l'intimité pour se prémunir des douleurs des autres ! Mieux vaut ne rien savoir que de se retrouver à devoir potentiellement soutenir une amie dans la difficulté, c'est cela ?

La déesse nordique ne remarque rien de la contrariété de Thibaut. Elle est occupée. Elle fait honneur à ses hypothétiques ancêtres en buvant vigoureusement. Elle termine son verre et le pose sur la table basse. Elle se tourne vers Thibaut, et les lèvres encore humides d'alcool, le remercie. Thibaut oublie tout de son agacement et ne pense même pas à se lever pour la raccompagner à la porte.

Le sourire de Sigrid lui a coupé les jambes.

— 8 —

Thibaut déplace pour la troisième fois la pile de biscuits fourrés à la figue. Aujourd'hui, il s'attelle à la cuisine. Les mains encombrées de boîtes, il s'arrête devant la table déjà recouverte de denrées et souffle. Une fois encore, tout ce qu'il a réussi à faire, c'est vider les armoires, sans rien trier. Résigné, il décide de replacer les biscuits dans le placard, près de son café. Il passe le quart d'heure suivant à faire de même pour le reste des aliments. Une fois les provisions revenues à leur place d'origine, il s'appuie contre l'évier et pousse un long soupir. Pour finir, il a simplement mis du désordre dans les affaires d'Ida.

Il n'avance pas.

Thibaut se tourne vers la fenêtre et lance un regard plein de détresse au loin, comme pour invoquer le dieu du jardinet. Il aperçoit alors la fontaine japonaise et songe : cette journée n'a pas forcément à se solder par un échec. Cette journée pourrait aussi se solder par un semi-échec, et ce serait déjà mieux qu'hier. Ses capacités, limitées à l'intérieur de la maison, vont sans aucun doute se décupler une fois dehors. Il délaisse la cuisine et, presque habité, s'attaque au bassin.

Dehors, il commence par débrancher la pompe. Vite, il se retrouve démuni. Comment vider l'eau croupie ?

Un premier détour par la cuisine lui procure une vieille cruche, et un second, une éponge usée. Thibaut frotte ensuite les parois de la vasque en granit. Après avoir soulevé la grille protectrice, il débarrasse la pompe de la boue et des feuilles mortes accumulées. À l'aide de la cruche et de plusieurs allers et retours, il remplit le bassin d'eau claire. Enfin, il redresse la tige de bambou principale, l'ancre plus fermement dans le sol et retire la mousse qui a envahi le rocher rond posé derrière. Il rebranche la pompe et l'appréhension accélère son cœur. Il éprouve une satisfaction immense lorsque la fontaine redémarre. Il observe alors le cycle ininterrompu du bambou biseauté se remplir, basculer sous le poids de l'eau et remonter. Il écoute, aussi longtemps que ses mains engourdies par le froid le lui permettent, le son sourd et bref du bambou. Il tape contre le rocher poli et retombe.

Thibaut se rappelle son séjour à Chaumont-sur-Loire. Tous les ans, le domaine organise un festival international des jardins. Une année, un participant y a exposé une réinterprétation du jardin zen. Le bruit des fontaines en bambou, expliquait un écriteau, repousse les animaux sauvages. À choisir, il aurait préféré un chasseur de mauvais rêves.

Le soir vient et Thibaut se décide à rentrer. Dans le salon, il ranime le feu dans la cheminée. Dès que les braises prennent, il tend ses mains vers les flammes. Des picotements envahissent ses doigts. Les mains douloureuses, mais réchauffées, il s'installe ensuite dans le canapé avec un verre. Un sentiment nouveau s'empare de lui, celui de savourer sa soirée. Il se sent gorgé de la satisfaction du travailleur qui mérite son repos. Certes, il n'a pas plus vidé la cuisine qu'il n'a trié le reste de la maison les jours précédents, mais aujourd'hui, il a tout de même fait quelque chose d'utile.

Il boit une gorgée. Son séjour prolongé chez sa tante se révèle fatal pour le cognac d'Ida. Serrant l'alcool doré entre ses doigts, Thibaut passe en revue la décoration maintenant familière de la pièce. Sa tante a rempli sa maison d'objets certes de bonne qualité, mais peu coûteux. En revanche, là où elle n'a pas compté, c'est sur la composition du bar, garni des meilleurs alcools.

Il en est à bénir Sigrid de lui avoir révélé la cachette d'Ida, lorsque son portable sonne.

— Mais qu'est-ce que tu fais encore dans la maison ?

La voix stridente de sa mère lui perce les oreilles. Comme chaque semaine, elle l'appelle. Cette fois, le ton est cinglant et la question directe. D'ordinaire, sa mère peine à démarrer la conversation, car l'unique évocation de sa sœur la répugne. Elle s'arrange pour tourner ses questions sans avoir à prononcer le nom d'Ida. Penses-tu en avoir encore pour longtemps ? As-tu déjà vu une agence pour la maison ? Une fois ces interrogations expédiées, elle enclenche son disque d'informations inutiles et déblatère pendant une bonne vingtaine de minutes avant que Thibaut réussisse à s'en débarrasser.

Ce jour-là pourtant, la tension dans la voix de sa mère est nouvelle. Elle ne comprend pas son fils, pourquoi passe-t-il autant de temps dans la maison de l'autre ? Il suffit pourtant de tout mettre à la benne et de placer le bien à la vente.

Thibaut la coupe.

— Écoute, tu te souviens du poney dont je t'ai parlé ? Figure-toi que je n'ai toujours pas résolu cette histoire d'accès au jardin et…

— Mais pourquoi tu me parles de poney ? Mon fils, tu dérailles complètement, je n'en ai rien à faire de ton canasson !

— …

— Tu t'enterres dans cette maison, qu'est-ce qui te retient ? Ton père et moi serions ravis de t'accueillir le temps que tu retrouves du travail. Tu peux reprendre ta chambre, on vient de poser un nouveau parquet flottant et…

— Maman, je pense qu'on aurait dû enterrer Ida au village, elle semblait y avoir beaucoup d'amis, ils auraient certainement voulu se recueillir sur sa tombe.

Sa mère éclate. Outrée, elle lui reproche de remettre en question l'hommage plus que convenable rendu à sa tante. Les efforts qu'il a fallu produire pour organiser la brève cérémonie au cours de laquelle on a incinéré son corps étaient déjà largement suffisants. Elle continue sur sa lancée et Thibaut perd le fil. Il se remémore la crémation. On avait fait rapatrier le corps en Alsace, il avait été hors de question de se déplacer jusque chez Ida, sa mère estimant qu'elle perdait déjà beaucoup trop de temps à régler les formalités avec le crématorium. Personne n'avait été invité et il n'avait pas été jugé utile de faire appel à un prêtre ; de toute façon, on ne savait pas si Ida était pratiquante. Le cercueil, simple, en bois clair, reposait sur des tréteaux. Le responsable des pompes funèbres, vêtu d'un costume noir bien repassé, dont le tombé large révélait une coupe un peu ancienne, était manifestement celui qui s'était donné le plus de peine parmi la minuscule assemblée. Thibaut portait son jean habituel, ce qui n'était pas étonnant. Sa mère, en revanche, toujours apprêtée lorsqu'elle sortait, avait gardé la polaire réservée en temps normal pour la maison. Le père de Thibaut n'avait visiblement pas bénéficié des conseils habituels de sa femme et s'était, lui aussi, rendu à l'enterrement de sa belle-sœur tel qu'il s'était vêtu le matin, de sa traditionnelle panoplie Quechua. Le responsable des pompes funèbres avait voulu dire quelques mots, mais la mère de Thibaut lui avait fait signe d'abréger. Un peu ahuri, l'homme avait alors appelé ses collaborateurs. Ils avaient emporté le cercueil se faire réduire en cendres. La famille avait récupéré l'urne et était allée la déposer dans une alcôve du cimetière, dans un coin, loin de la concession où reposaient les grands-parents de Thibaut. Tous trois étaient ensuite rentrés à la maison. Sa mère s'était mis en tête de préparer une carbonade flamande, le repas les revigorerait après avoir été confrontés à l'automne pluvieux. Ils avaient pourtant passé la plupart du temps à l'abri dans le centre de crémation et n'étaient restés qu'une quinzaine de minutes au cimetière, à chercher l'alcôve. Maintenant qu'il y pense, il trouve étrange qu'aucune place n'ait été faite pour l'urne de sa tante dans la fosse familiale, massive.

— … on a déjà bien assez fait, continue sa mère, pour cette menteuse ! Elle qui a passé sa vie à attirer l'attention, qu'elle trouve un peu d'humilité dans la mort !

Et ainsi, presque en crachant ses mots, sa mère conclut l'appel.

« Cette menteuse. » D'après sa mère, Ida avait donc menti. Était-ce l'origine de la fracture entre les deux sœurs ? Pourtant, loin des paroles dures de sa mère, Thibaut a découvert en trois semaines une femme altruiste, qui avait dédié sa vie aux autres. Heureuse, pleine d'entrain, elle avait décidé de passer sa retraite dans un village paisible où elle s'y était fait des amis. Elle s'était installée dans une maison meublée avec goût, bien différente du pavillon un peu kitsch de ses parents. Elle aurait pu se reposer, mais elle avait consacré ses dernières années à s'occuper d'un vieux shetland qui, plein d'ingratitude, ou peut-être parce qu'il n'attend plus rien des hommes, pense uniquement aux pommes. Pourquoi une telle personne s'était-elle attiré les foudres de sa mère ? Qu'avait-elle donc fait pour être rejetée par sa sœur ? Était-ce pour racheter ses péchés qu'elle avait dédié sa vie aux autres ? Thibaut est tiraillé, il sent bien la fidélité envers sa mère lui filer entre les doigts. Il a suffi de peu de temps dans la maison pour rejeter des années d'omerta et de fiel familial craché sur Ida. Pour cela, il culpabilise. Sa mère est certes impossible, mais la blessure dans laquelle sa rage prend racine semble authentique. Pourtant, malgré l'ombre qui pèse sur sa tante, il ne peut s'empêcher de commencer à l'aimer. Thibaut a conscience de s'être lancé à la rencontre d'Ida par honte de n'avoir jamais voulu apprendre à la connaître. Et comme pour se faire pardonner sa faiblesse de caractère, il essaie à présent d'emmagasiner le plus d'informations possible. Il étudie ses affaires, sans pouvoir se décider à en jeter une seule. Mais qui est-il pour déterminer ce qui mérite d'aller à la poubelle dans la vie de cette femme ? Plus il avance dans ses fouilles, plus son affection grandit. Il se sent proche d'Ida. Il a même pris son lit, désertant la chambre-lingerie.

Il ne l'avouera jamais à sa mère, mais il a la conviction de partager plus avec sa tante morte qu'avec elle. Tout comme lui, Ida a aimé voyager, partir à la rencontre d'inconnus. Mais là où Thibaut utilise l'autre pour oublier sa mélancolie, il lui semble qu'Ida, elle, a voulu leur faire don de sa joie.

— 9 —

Entre deux cauchemars de porte fermée, Thibaut rêve de Gina. Vivre dans la maison d'Ida a dû lui rappeler le souvenir de la femme grecque. Avec Camille, ils avaient rencontré Gina sur Milos. L'île, située au sud-ouest des Cyclades, est d'une beauté plus sauvage que ses voisines célèbres, la romantique Santorini et la festive Mykonos. Peu peuplée, elle est pourtant, comme beaucoup d'îles moins touristiques, devenue le royaume des félins. Les chats sauvages, très nombreux en Grèce, s'intègrent au décor. De sauvages, ils n'en ont que le nom, car s'ils ne vivent pas avec les hommes et dorment dehors, ils ne montrent pourtant aucune crainte. Ils n'hésitent pas à approcher les touristes installés à la terrasse des restaurants pour mendier quelques bouchées. Çà et là, des urnes sont disposées pour recueillir des dons et nourrir toute cette population poilue. Camille avait fini par noter la présence des nombreuses gamelles d'eau et de croquettes. Rassurée, elle avait, après quelques jours, pu pleinement profiter du paysage, ayant vaincu son appréhension de trouver, au bout de chaque chemin, un chat en détresse. Certains étaient évidemment assez maigres, mais aucun n'était blessé. Camille et Thibaut s'étaient doutés que le sort des chats, bien trop nombreux, touchait peu les habitants de l'île. Ils avaient fini par abandonner leurs préoccupations typiques de touristes privilégiés et s'étaient laissé amuser par la compagnie de ces nombreux animaux. Postés à chaque recoin de l'île, ils avaient été un repère constant et réconfortant dans les pérégrinations du couple.

Un matin, ils avaient décidé, pour une fois, de laisser leur voiture à l'hôtel et d'explorer l'île à pied. Ils avaient grimpé jusqu'à l'amphithéâtre antique sous un soleil matinal déjà cuisant et étaient tombés sur l'emplacement d'origine de la Vénus de Milo. Le couple s'était senti un peu gêné de savoir qu'elle était à présent exposée au Louvre. Cependant, leur embarras avait été quelque peu apaisé lorsque plus tard, au cours d'une virée en bateau, le skipper leur avait dit ne pas en vouloir à la France d'avoir gardé la statue. Il était en revanche grand temps pour les Britanniques de restituer les morceaux du Parthénon conservés à Londres. Le couple s'était empressé de partager l'indignation du marin.

Ils avaient poursuivi leur escapade et remonté le chemin vers une petite ville, dans laquelle ils avaient fait halte pour déjeuner. Face à la mer, ils avaient dégusté un repas savoureux, une simple salade grecque comme jamais ils n'en avaient mangé auparavant. Les oignons étaient doux et sucrés, les tomates bien mûres et juteuses, et la feta crémeuse, bien loin de la version acide et sèche disponible dans les commerces français. Une fois leurs assiettes vides, ils s'étaient laissé bercer par le tintement régulier de la cloche de l'église, avant de trouver le courage de reprendre la route. Ils avaient envisagé de passer l'après-midi sur une plage recommandée par leur hôte. Le jour de leur arrivée, la belle Grecque aux cheveux noirs leur avait remis une carte sur laquelle elle avait entouré les meilleures plages et les points d'intérêt au stylo bleu. Celle qu'ils avaient choisie était aménagée et promettait un beau sable clair. Ils avaient progressé sur le chemin descendant vers la mer, sous le soleil écrasant. Soudain, un cri étrange était venu des fourrés. Camille avait pensé au chant d'un oiseau exotique et avait scruté la végétation pour débusquer l'animal. Mais elle avait poussé à son tour un cri. Au sol, un minuscule chaton noir et blanc, si jeune que ses yeux n'étaient pas encore ouverts, était en train de couiner. Ils avaient d'abord pensé trouver la mère pas loin, et Camille avait poursuivi sa recherche parmi les fourrés. Ils avaient pris la pleine mesure de la situation lorsque le sac en papier situé à côté du chaton avait remué. Après l'avoir tourné délicatement, ils y avaient découvert un deuxième animal, lui aussi noir et blanc. C'est à ce moment-là qu'un troisième, couvert de taches rousses, s'était manifesté. De ses mains tremblantes, Camille avait replacé les deux chatons dans le sac en papier puis s'était tournée vers Thibaut. Quelqu'un s'était manifestement débarrassé de la fratrie en les balançant par la fenêtre d'une voiture. Ils s'étaient sentis démunis. Leur seule certitude avait été qu'ils n'abandonneraient pas à leur tour les animaux à leur sort. À cette époque, Camille et Thibaut étaient amoureux et partageaient le même principe. On ne pouvait pas sauver tout le monde, mais une fois moralement engagés, on se devait de tout mettre en œuvre pour assister son prochain, fût-il un félin. Enfin, après de longues minutes à ne savoir que faire, une voiture était apparue. Le couple à son bord, plus âgé, et donc plus expérimenté, allait certainement savoir quoi faire. Mais la conductrice avait déclaré qu'il n'y avait rien à faire. Les chatons étaient condamnés à mourir, et même si c'était triste, c'était ainsi. La voiture avait repris la route de la plage sous les yeux exorbités de Camille.

Paniqués, Thibaut et Camille avaient fait demi-tour, le sac en papier dans les bras. Ils comptaient appeler leur hôte pour lui demander conseil, mais devaient remonter au village pour avoir du réseau. Camille s'était adossée contre un mur, à l'ombre, les chats gémissant à ses oreilles pendant que Thibaut avait efficacement pris en main la communication avec l'hôtel. Hôtel qui s'était montré aussi inutile que le couple croisé quelques minutes plus tôt. On ne leur avait même pas proposé d'envoyer un taxi pour venir les récupérer. Les chatons miaulaient de plus belle et la tension montait. Finalement, les animaux furent une seconde fois sauvés par leurs cris. Attirée par le bruit, la propriétaire de la maison contre laquelle ils avaient trouvé refuge était sortie. Elle avait saisi d'une main experte les petits que Camille avait à peine osé soulever du sol. La Grecque possédait dans un carnet tous les numéros précieux de l'île.

C'est ainsi qu'ils avaient rencontré Gina, la bienfaitrice insulaire des chats abandonnés de Milos. Elle leur avait rendu la douceur et l'insouciance de leurs vacances. Petite femme brune d'une soixantaine d'années, elle les avait accueillis comme une mère. Elle avait évalué d'un œil expert l'état des chatons et s'en était allée demander de façon autoritaire un peu de lait au bar, une cigarette aux lèvres. Elle s'était poliment intéressée à la vie du couple alors que les petits buvaient goulûment à la pipette. L'un d'eux avait été nommé Panda en raison de la tache noire qu'il avait autour de ses yeux. Gina avait aisément troqué son anglais excellent pour un français impeccable. Elle avait vécu à New York et à Monaco. Thibaut avait rêvé de pouvoir l'interviewer et de découvrir le genre de vie qu'elle avait menée, mais l'emploi du temps de Gina s'était révélé chargé.

Il lui avait fallu plusieurs jours pour se remettre de l'aventure. Il avait abreuvé Camille des nombreuses théories échafaudées sur Gina. Elle avait dû être ambassadrice. Ou alors marchande d'art. En tout cas, dans les années 80, elle avait été la muse de plusieurs photographes, il en était certain. Il avait été ému lorsque, quelques jours plus tard, Gina leur avait envoyé une photo. Elle avait trouvé une mère adoptive pour les chatons. La chatte acceptait de les allaiter.

De retour en Alsace, Thibaut avait soumis à son rédacteur en chef l'article sur les chats sauvages de Grèce qu'il avait écrit dans le bateau et dans l'avion du retour. Il avait été refusé. Trop anecdotique. Peu informatif.

Thibaut n'avait pas pensé à Gina depuis longtemps. Il se dit qu'elle aurait aimé Ida et son poney.

— 10 —

Thibaut réfléchit. Le jour où Ida a débarqué chez Sigrid en catastrophe pour sauver son poney, les deux femmes se rencontraient pour la première fois. Cela signifie que la tante de Thibaut venait de s'installer au village. Ainsi, soit le poney était déjà dans la maison quand Ida en a fait l'acquisition, ce qui lui paraissait improbable, soit il était arrivé avec elle. Comme la bête était déjà mal en point (Sigrid avait dit qu'il pouvait à peine tenir debout), Ida n'aurait jamais pu le passer par la fenêtre.

Alors comment diable sa tante avait-elle fait pour installer le poney dans le jardin ?

Thibaut se lève et se poste devant la fenêtre du salon. Il regarde avec intensité le paysage et s'attend à ce que la scène, tel un mirage, surgisse du passé et se déroule devant ses yeux. Rien. Il se creuse la tête à la recherche d'une explication, mais son esprit demeure vide. À court d'idées, il ouvre la fenêtre, geste inexpliqué, solution illogique, caractéristique des situations bloquées. Thibaut écarte les battants et le poney lève la tête. Il semble hésiter à s'avancer. Peut-être, n'apercevant pas dans les mains de l'homme une pomme convoitée, se demande-t-il si déplacer sa carcasse jusqu'à la maison en vaut la peine.

Laissant le poney à ses apparentes tergiversations, Thibaut regrette rapidement sa décision. Le vent soulève ses cheveux et s'engouffre dans le salon. Le froid lui arrive en pleine face. Seuls les cris de quelques corneilles ratissant la pelouse crèvent le silence campagnard, ainsi que le rare passage de voitures derrière le mur du jardin. Thibaut se laisse gagner par la température glaciale, incapable d'abandonner la position et de se mettre au chaud. Il scrute le jardin et attend la réponse. Soudain, un vacarme fait râler les corneilles, et les oiseaux trouvent refuge dans le catalpa. Un camion, ou bien est-ce un tracteur, passe sur la route.

Une pelle apparaît alors au-dessus du mur. Tracteur, conclut Thibaut. Il s'agit peut-être du vieux Jacques ? Thibaut tourne machinalement son regard vers la botte de foin, bientôt complètement dévorée. Il faudra demander à l'agriculteur de la remplacer. Le vieux Jacques ! C'est évident ! C'est lui qui, à l'arrivée d'Ida, a dû hisser le poney par-dessus le mur, à l'aide de son engin agricole, tout comme il passe le foin une fois par mois. Il lui faut en avoir la confirmation.

Thibaut ferme la fenêtre et s'apprête à rejoindre l'entrée, mais manque d'écraser les pochettes de vinyles éparpillées sur le sol du salon. Plus tôt, il a tenté de trier les disques de sa tante, pourtant conscient de ses connaissances musicales limitées. Comme à l'accoutumée, d'abord motivé, il a une fois de plus fini par simplement retirer les pochettes de la boîte en bois dans laquelle elles étaient rangées. Il a ensuite passé la majorité de la journée à écouter les morceaux qu'affectionnait Ida. Beaucoup de jazz, quelques incontournables de musique classique. Un peu d'opéra également, *Les Pêcheurs de perles*, qu'il a particulièrement aimé. *Tosca* bien sûr, et *Norma*. Il est ensuite passé à la compilation de Caruso et a replacé plusieurs fois de suite le bras du tourne-disque sur la même piste, pour entendre en boucle *Una furtiva lagrima*. La collection impressionnante de tangos de sa tante y est aussi passée. À force d'écoute, il peut maintenant faire la distinction entre le son d'un bandonéon et celui d'un accordéon.

Il saute à cloche-pied entre les disques et gagne l'entrée où il attrape son écharpe. Dehors, il affronte le froid cru et prend la direction du café, décidé.

***

— Mais non, je ne suis pas obsédé, André ! Mais c'est quand même dingue que personne ne se soit jamais posé la question. Un shetland, ce n'est pas rien quand même !

Thibaut touille fiévreusement son café et projette un peu de liquide chaud sur le sucre en forme de trèfle que le patron a déposé dans la soucoupe blanche.

— Il doit bien y avoir quelqu'un au village qui peut me dire comment il est arrivé là ! Le vieux Jacques a dû hisser le shetland depuis la rue, je ne vois que ça…

Le patron reste silencieux, alors Thibaut poursuit.

— Vraiment, personne ne s'est jamais étonné de la présence du poney, et surtout, de l'absence de porte menant au jardin d'Ida ?

André soupire, il aime bien le petit d'Ida, mais il tourne sérieusement en boucle.

— Thibaut, tu penses bien que si le vieux Jacques avait un jour soulevé le poney pour le faire passer par-dessus le mur avec son tracteur, on l'aurait su ! Pour ce qui est de l'absence de porte, c'est vrai que ce n'est pas banal, mais avant ton arrivée, personne ici n'en savait rien. Faut dire qu'Ida, c'est au café qu'on la voyait, pas chez elle ! C'était pas du genre à organiser des raouts à sa maison.

Thibaut s'affaisse sur lui-même et lâche un gémissement de bête blessée.

André lève les yeux au ciel. Vraiment sympathique, ce neveu, mais un tantinet dramatique.

— Si tu tiens vraiment à en savoir plus sur la maison, tu peux aller voir le notaire en ville. C'est le seul du coin, alors ça m'étonnerait pas que son bureau se charge de la vente et de l'achat de la baraque depuis des lustres.

Thibaut se redresse, note l'adresse et, d'une traite, finit son café. Les clefs du Renault Express d'André en main, il quitte le bar en courant, sous le regard désabusé du patron, qui décidément ne comprend pas quel type de fièvre peut bien coller au corps de ce petit.

Thibaut se gare assez facilement devant l'étude, il a à présent bien en main la voiture. Il n'a même pas pris la peine de téléphoner pour s'assurer de la disponibilité du notaire. Dans ce bled, il suppose l'homme peu occupé. Confiant, il pousse la porte vitrée sur laquelle est collé en lettres dorées le nom du professionnel : Maître Guérin. Une petite cloche tinte alors qu'il descend une marche. Il est brusquement arrêté dans son élan par le regard d'une clerc de notaire émaciée, dont la fonction consiste de toute évidence à également empêcher l'accès au bureau de son patron. La cinquantaine, les joues creuses, Thibaut distingue parmi ses cheveux blonds et courts quelques mèches brunes, rescapées de la décoloration. Une paire de lunettes papillon sécurisée par un cordon de fines perles noires complète l'allure. Elle lui adresse un « oui » interrogatif qui n'invite pourtant à aucune réponse.

Mal à l'aise et sur ses gardes, Thibaut sait que, pour passer le barrage, il va devoir plaire à l'antipathique assistante. Comment dépeindre de façon avantageuse à cette femme qui ne lui a toujours pas souri la nature incongrue de sa visite ? Au pied du mur, il se lance. Il commence par se présenter comme le neveu d'Ida, la notoriété de sa tante aura peut-être porté jusqu'à la ville. Il choisit de rester vague sur ses véritables raisons et élude le poney. Il s'est installé dans la maison de sa tante et a besoin de renseignements supplémentaires afin de pouvoir la mettre en vente. Simple et bref, cela devrait satisfaire l'employée protectrice. À la fin de son résumé, le visage de la femme n'a pas perdu son regard soupçonneux.

D'abord le départ de Camille, puis son échec auprès de Sigrid, et à présent cette clerc de notaire qui ne se déride pas. Décidément, il n'est plus dans le coup. Sur le point de perdre espoir, il reprend soudain confiance lorsque son interlocutrice daigne tout de même quitter sa chaise. Elle le prie de patienter et se dirige vers une porte qui, Thibaut l'espère, abrite le bureau de maître Guérin. Après un coup bref, elle s'introduit dans la pièce en s'assurant de bien fermer derrière elle. Quelques secondes plus tard, Thibaut entend une sorte de raffut étouffé et voit la clerc de notaire sortir du bureau, accompagnée d'un maître Guérin sautillant. Il se rue sur son visiteur inattendu et attrape sa main pour la secouer franchement. Contrairement à sa collaboratrice, le notaire est un petit homme replet et jovial, manifestement satisfait de son existence. Tout sourire, il finit par lâcher Thibaut et l'invite à le suivre. Il a bien sûr connu Ida et se sent honoré de pouvoir aider son neveu ! Une fois dans la pièce, le frétillant maître Guérin contourne l'imposant bureau et prend place dans un large fauteuil confortable en cuir marron. L'assise l'englobe totalement. De la main, il désigne un autre fauteuil. Le temps pour Thibaut de s'y asseoir, maître Guérin a disparu sous le bureau dont il surgit un instant plus tard, une bouteille de guignolet à la main. L'air triomphant, il la pose sur un sous-main en cuir aux bouts recourbés et ouvre un tiroir. Il en extirpe deux petits verres coniques à pied. La délicatesse de leur facture détonne dans les mains boudinées du notaire. L'homme débouche la bouteille et les jolis verres en cristal se remplissent de liquide rouge. D'une main rodée à l'exercice, maître Guérin s'arrête exactement au niveau du liseré doré. « Ce n'est pas tous les jours qu'on rencontre de nouvelles têtes dans le coin et, visiblement, Ida aurait aimé qu'on trinque à sa mémoire. » Face à cette argumentation irréfutable, Thibaut accepte le verre et essaie de ne pas trop penser à sa consommation d'alcool, paroxystique depuis son installation dans le Vexin. Une fois le minuscule verre vidé, le notaire lance à Thibaut un sourire béat et les ressert. Puis il s'enfonce dans son fauteuil, s'y adosse et ouvre les mains, l'air de signifier que les formalités d'usage sont terminées. Il est maintenant prêt à écouter son visiteur. Comment exposer son cas sans passer pour un illuminé ? Il n'a pas échappé à Thibaut le regard jeté par André plus tôt au café. Avec la détermination de ceux qui n'ont rien à perdre, Thibaut se présente comme le responsable de la maison d'Ida. Il fait l'impasse sur son absence de progrès et affirme au notaire être en train de vider les possessions de sa tante, afin de mettre l'habitation en vente. L'absence de porte pour accéder au jardin, comme le notaire peut s'en douter, se révélera certainement être un sacré frein à tout achat. Il aimerait savoir s'il existe d'anciens plans de la maison. Peut-être ces derniers révéleront-ils l'emplacement d'une ancienne ouverture, certainement bouchée depuis.

Maître Guérin a suivi son exposé avec grande attention. Très désireux d'aider, il se lève d'un bond et fonce vers la porte de son bureau. Il l'entrouvre, juste assez pour pouvoir passer la tête, et la tourne vers sa collaboratrice. Est-ce qu'Isabelle serait assez aimable pour apporter un dossier ? Isabelle les rejoint et dépose un classeur plutôt conséquent sur le bureau. Lorsqu'elle aperçoit la bouteille, elle lance un regard désapprobateur. Maître Guérin fait mine de ne pas le remarquer et se met à fouiller les documents. Construite au XIXe siècle, la maison a changé de propriétaires plusieurs fois. À la vue de la pile, Thibaut, d'ordinaire peu refroidi par une documentation fournie, sent le découragement le saisir. Heureusement, maître Guérin se plonge avec avidité dans les nombreuses feuilles jaunies et extirpe plutôt rapidement et à grand renfort de guignolet les plans de la maison. Alors qu'il fait maladroitement de la place sur son bureau pour déplier la feuille, la cloche retentit dans la pièce voisine. Maître Guérin a donc après tout de véritables clients ! Ennuyé, il s'excuse avec ferveur auprès de Thibaut, son rendez-vous vient d'arriver. Il est navré de ne pas pouvoir le recevoir plus longtemps. Il le raccompagne jusqu'à la porte d'entrée et, pour se faire pardonner, lui remet les plans, déclarant qu'il a toute confiance en lui. Il suffira à Thibaut de les rapporter après en avoir eu l'usage. L'homme lui aurait ébouriffé les cheveux si sa taille le lui avait permis. Les plans en main, Thibaut regagne la voiture, aveugle au regard de la clerc de notaire, empourprée d'indignation.

— 11 —

Il dépose le Renault Express devant le café d'André, rapporte les clefs au bar et ignore les interrogations du patron. Dehors, il court afin de couvrir au plus vite la distance qui le sépare de la maison.

Une fois rentré, Thibaut, excité par sa trouvaille, rate le portemanteau et ne remarque même pas sa veste et l'écharpe de Camille atterrir au sol. Dans le salon, il prend juste le temps de ranimer le feu, puis il jette au passage un œil par la fenêtre et s'assure que le poney va bien. Il se retourne et s'apprête à déplier les plans sur la table basse, mais il est stoppé dans son élan. Il prend conscience de l'état dans lequel il a laissé la pièce. Des pochettes d'albums jonchent le sol et recouvrent la surface de la table. Du tourne-disque même pas éteint, on entend le léger *clac* caractéristique qui indique la fin du vinyle. Résigné, il pose les plans sur le canapé et prend le temps de ranger précautionneusement les affaires d'Ida. Classer les vinyles dans la boîte en bois a pour effet de calmer sa fébrilité. Une fois l'ordre rétabli, il s'installe sur le canapé et dépose le document sur la table, à côté de son téléphone. Il aurait enfin déplié les plans s'il n'avait pas été attiré par la lumière verte de son portable qui clignotait. Pris de remords, il pense à sa mère. Elle a peut-être essayé de le rappeler. Lui ne l'a même pas contactée après leur dernier échange. Il déverrouille l'écran. Lors de sa visite chez le notaire, il a reçu un message. Il le lit.

Camille lui a écrit. Il se met à trembler. Thibaut se laisse tomber dans les coussins du canapé. Trois mois sans aucune nouvelle. Trois mois qu'elle lui a déclaré préférer ne pas garder contact, pas pour le moment. Au début, juste après la rupture, ils avaient continué à s'échanger des messages. Puis, au bout de plusieurs semaines, elle lui a asséné le coup final. C'était trop dur, il valait mieux couper les ponts. Ce soir-là, il avait été très attiré par la fenêtre de l'appartement strasbourgeois et le pavé, situé de nombreux mètres plus bas. Désespéré, Thibaut l'avait suppliée de ne pas l'effacer de sa vie. Mais Camille était restée ferme sur ses positions et n'avait plus répondu. Au fond, il le sait, il a été égoïste. Camille a bien le droit d'être heureuse, et comment le pourrait-elle si elle traîne un ex à la mélancolie de plus en plus pesante ?

Thibaut scanne le message de Camille, très vite, pour en tirer les grandes lignes. Le cœur battant, il lui faut quelques minutes de répit avant d'entamer, plus concentré, une seconde lecture. Elle vient aux nouvelles. La mère de Thibaut l'a appelée, elle s'inquiète. Il est apparemment parti s'enterrer à la campagne et ne semble pas montrer signe de retour. Elle espère qu'il va bien. Thibaut ne veut pas se faire d'illusions. Il devine très bien ce que Camille n'a pas osé écrire. En vérité, elle veut vérifier que son état dépressif n'a pas empiré. Elle l'imagine peut-être parti loin de sa famille pour faire une connerie. Sombre, Thibaut se figure parfaitement le sentiment de culpabilité à l'origine de la démarche de Camille. Le suicide d'un ex, ce n'est jamais plaisant. Mais merde ! Cette explication, il va la mettre de côté pour le moment ! Il a bien le droit à un peu de réconfort, non ? Disons ceci, jusqu'à demain, il choisit de penser que Camille se tracasse vraiment pour lui. Il compte encore un peu pour elle. Et puis, elle ne le sait pas, il se trouve certes peut-être loin de Strasbourg, mais il a la sensation de n'avoir jamais été aussi proche de sa famille.

Il en veut à sa mère de l'avoir contactée, même si ça lui vaut un message de Camille. Thibaut place le téléphone dans sa poche. Il a tout oublié de ses précieux plans. Il se lève et déniche de la caisse, à présent parfaitement rangée, un vinyle particulièrement aimé. Il le place sur le tourne-disque et écoute les notes de bandonéon s'élever dans la pièce. Plus lascif que l'accordéon, plus mélancolique aussi, l'instrument joue *Les Yeux noirs* et s'accorde bien à son humeur. Malgré ses deux verres de guignolet, après tout minuscules, il se dirige vers le globe terrestre et attrape la bouteille de whisky japonais. Ce soudain virage à l'est dans son choix de boisson est motivé par le nouvel état de la bouteille de cognac d'Ida : vide. Il sélectionne avec soin un verre adéquat, rangé dans un deux-corps étroit. Sa tante en possède de formes variées et pour chaque type d'alcool. Celui qu'il choisit, en cristal, est un carré viril. Un verre d'homme pour une boisson d'homme, ironise-t-il. De petits creux à la base du verre offrent un confort raffiné. Ils épousent parfaitement la forme des doigts et assurent une bonne tenue. Il passe rapidement à la cuisine pour extirper du congélateur les glaçons en granit. Lorsqu'il était petit, il ne comprenait pas pourquoi ses parents conservaient des cailloux au frais. Mais une fois initié à la dégustation du précieux alcool lors d'un voyage en Écosse avec Camille, leur intérêt lui est apparu : refroidir sans diluer. Il dépose les cubes au fond du verre, se sert et s'installe devant la fenêtre du salon. Il pose son regard sur le shetland. Le poney est en train d'utiliser ses puissants naseaux pour sélectionner les meilleurs brins d'herbe. Tranquille, il semble avancer à petits pas sur une ligne imaginaire, battant doucement la queue.

Thibaut inspire puis s'évertue, pendant une heure, à taper une réponse.

— 12 —

Le lendemain, dans la cuisine, Thibaut observe d'un air inquiet le café infuser à travers la carafe transparente. Ce matin, il a des doutes sur l'aptitude de sa boisson fétiche à le remettre d'aplomb. Pas après la soirée d'hier. En plus d'un sommeil troublé par son rêve, au cours duquel il n'a d'ailleurs toujours pas réussi à tourner cette fichue poignée, il accuse une belle gueule de bois. Hier soir, sans s'en apercevoir, il a largement entamé la bouteille de whisky d'Ida. Ce matin, en plus de l'inconfort physique, il est saisi par la honte. Par celle de dilapider les possessions d'une morte, bien sûr, mais surtout il n'ose pas regarder le texte transmis en définitive à Camille. Après de nombreuses tentatives de réponses, de moins en moins claires au fil de la soirée, il redoute de lui avoir envoyé un message confus à propos d'un poney, d'une porte disparue et de sa tante perdue, mais retrouvée. Inquiet, il suppose avec désarroi le résultat bien loin du message rassurant qu'il a pourtant eu l'intention d'écrire au départ.

Par-dessus le marché, sa réaction l'affole. Elle est caractéristique d'un homme dont l'ex est encore bien présente dans ses pensées. Il n'est pas passé à autre chose, comme on dit. Un seul message a suffi pour lui faire délaisser les plans de la maison, qui hier encore obsédaient son esprit. Trop affligé pour s'appesantir plus longtemps sur l'épisode Camille, il termine son café et se met en quête d'une aspirine. Par chance, Ida a garni sa pharmacie avec autant de soin que sa réserve d'apéritifs.

Douché, son mal de tête apaisé, Thibaut regagne le rez-de-chaussée. Il replace la bouteille dans le globe terrestre et rapporte le verre à la cuisine. À nouveau dans le salon, épuré des objets, témoins gênants de la soirée de la veille, il attrape enfin les plans et les déplie sur la table.

Au départ, il a du mal à se repérer. Les plans sont anciens et ne correspondent pas exactement à la maison actuelle. L'appentis accolé à la cuisine, réserve de granulés, n'y est pas représenté. On a dû le construire plus tard. L'entrée n'existe pas. On pénètre directement dans la cuisine. Elle se prolonge d'un garde-manger, remplacé depuis par le bureau d'Ida. Le bow-window, qui offre une atmosphère si chaleureuse à la pièce, a dû être installé plus tard, car les plans ne montrent aucune ouverture à cet endroit.

À présent, Thibaut s'oriente un peu mieux et il se familiarise avec l'ancienne architecture de la maison dessinée sous ses yeux. Il distingue donc parfaitement une porte, assez large même. Elle relie le rez-de-chaussée au jardin. Thibaut sent l'excitation monter. Il en était sûr ! Qui aurait construit une maison en oubliant l'accès au jardin ? Il saisit les plans à deux mains et se met sur ses pieds. Il se dirige vers l'entrée et fait face à l'escalier. S'il a bien compris le tracé, la porte a dû se trouver juste à côté.

Un meuble à chaussures gêne l'accès au mur, Thibaut le repousse. Il tente de le soulever, mais il est trop lourd et il doit se résoudre à le traîner au sol. Les portes basculantes s'ouvrent et des chaussures s'échappent. D'ordinaire très respectueux des affaires de sa tante, Thibaut donne un coup de pied dans les souliers pour dégager le chemin. Il se met à suer et sent ses tempes pulser. Il a vraiment trop bu la veille. Il pousse encore l'armoire sur quelques centimètres pour avoir assez d'espace et se faufile. Rien. Le mur, couvert de peinture blanche, ne présente aucune trace de l'ancienne porte. Thibaut ne veut pas s'avouer vaincu, pas maintenant qu'il détient entre les mains la preuve de l'ouverture. Il s'extirpe de sa position, coincé derrière le meuble, et trébuche sur une chaussure rouge. Il fouille dans le semainier situé devant le portemanteau et saisit un vieux mètre ruban. Il file dans l'appentis où il a repéré des outils de jardinage. Il sélectionne un râteau à long manche, il rejoint le salon en courant et ouvre la fenêtre. D'un grand geste, il lance le râteau sans prêter attention au manche qui balaie au passage les cadres posés sur la cheminée.

Une fois dans le jardin, Thibaut se poste près de la fenêtre et jette un dernier regard aux plans avant de se mettre à mesurer le mur. Les graduations du ruban sont effacées par endroits, mais il réussit tout de même à repérer l'emplacement de la porte fantôme. Il attrape le râteau et se met à racler la paroi afin d'en décrocher le lierre. Il essaie de contrôler son excitation pour maintenir des gestes aussi délicats que possible. Il ne veut pas blesser les potentiels phasmes et insectes. Derrière lui, le poney, indifférent à la soudaine fébrilité de Thibaut, est assoupi.

Petit à petit, après avoir retiré plusieurs fois le lierre venu se coincer entre les dents du râteau, Thibaut réussit à dégager une partie du mur. Il pose l'outil et prend du recul. Devant lui, une arche en briques apparaît. Sa teinte, devenue orangée avec le temps, tranche avec la pierre blanche de la façade. En son sein, des rangées de parpaings sont la preuve ultime de l'existence passée de l'ouverture.

Mais pour quelle raison aurait-on délibérément bouché la seule porte menant au jardin ?

— 13 —

Thibaut est en train de descendre à la cuisine après une sieste peu réparatrice lorsque son téléphone sonne.

Plus tôt, une fois l'excitation de sa trouvaille passée, il s'est senti désœuvré. Certes, sa théorie s'est vue confirmée, et il peut maintenant dire sans aucun doute que la maison a, un jour, eu une porte vers le jardin. Que faire de cette information à présent ?

L'aspirine avalée à son réveil ne fait plus effet. Il sent la migraine le reprendre, déclenchée à nouveau par un effort physique trop intense pour un lendemain de cuite.

Il saisit son téléphone et est surpris de voir le nom de son père s'afficher à l'écran. Il gagne rapidement la cuisine et s'installe devant une tasse à moitié pleine de café froid restée sur la table. D'ordinaire, son père ne l'appelle pas. Dans la famille, la parole est détenue par la mère, ravie de lui téléphoner chaque semaine. Lui ne contacte ses parents qu'en cas de nécessité majeure. À ces occasions, s'il tombe sur son père, ils s'en tiennent à un accord tacite passé de longue date : mettre un terme rapide à leur échange en tendant le téléphone à la mère de Thibaut.

Inquiet, il décroche.

— Papa, tout va bien ?

Son père le rassure et lui retourne la question. D'après l'homme, Thibaut n'a pas l'air en forme.

— Ça va, ne t'en fais pas. Tu sais, c'est toujours ce cauchemar. J'ai l'impression de le faire de plus en plus souvent. Je viens de m'assoupir quelques heures et je l'ai encore rêvé. C'est d'ailleurs la première fois que ça m'arrive en pleine journée ! Je me sens un peu fatigué, mais rien de grave.

Le père de Thibaut, embêté par les situations pour lesquelles il n'a aucune solution, émet un son. Thibaut l'interprète comme sa façon de compatir. Son père n'embraie pas rapidement sur l'objet de son appel et une gêne s'installe. L'homme finit par se racler la gorge et reprend :

— Je voulais te dire… Enfin, je voulais te parler de ta mère. Elle était vraiment secouée après votre dernière conversation. Elle est très perturbée par le fait que tu restes autant de temps chez l'autre. Enfin chez sa sœur, je veux dire. J'ai l'impression que ça la peine.

La déclaration est culpabilisante et son père doit s'en rendre compte, car il enchaîne aussitôt :

— Tu as le droit d'y rester bien sûr, c'était ta tante quand même !

Son père hésite. Il semble chercher, sélectionner ses mots. Puis il inspire longuement. Accablé par le message à transmettre, mais résigné, il déclare :

— Écoute Thibaut, je sais que tu dois trouver la réaction de ta mère irrationnelle. En tout cas, c'est ce que moi, je pense, même si je ne le lui ai jamais avoué. Je ne sais pas ce qu'a fait ta tante pour lui valoir d'être coupée de la famille comme cela. Ta mère n'a jamais voulu me raconter. Et puis, je ne suis pas sûr, mais j'ai toujours eu la sensation qu'au-delà de sa colère, ta mère enviait sa sœur. Alors, voir que tu ne veux pas quitter la maison, ça doit raviver sa jalousie.

— Coupée de la famille, papa ? Tu veux dire que ce n'était pas juste maman qui ne voulait plus lui parler ?

— Peut-être qu'Ida est restée en contact avec ta grand-mère, mais je n'en ai pas la preuve. Ta mère en aurait été folle de rage en tout cas. Mais ta grand-mère était une femme très discrète, presque effacée. Elle n'osait pas affronter les remontrances de ta mère, et je soupçonne que si elle avait eu des nouvelles d'Ida, elle ne l'aurait pas dit.

Pour la première fois, Thibaut entend le nom de sa tante dans la bouche de son père. D'ordinaire, il évitait de le prononcer ou l'appelait « l'autre ». Pour la première fois, Thibaut comprend que la guerre livrée par les deux sœurs n'est pas celle de son père. Il entrevoit l'homme, non pas comme un mari soumis et passif, mais comme une personne attentionnée qui cherche à ménager sa femme. Thibaut se sent à la fois ému par cet échange, rare, et apaisé par la sincérité de son père. Il peut enfin évoquer sa tante avec l'un de ses parents et n'a pas anticipé combien cela lui a manqué. Thibaut rassemble ses pensées. Ce n'est pas le moment de s'appesantir sur ses émotions, de faire du sentimentalisme et de risquer de rompre le fil de la conversation.

— Papa, dans la maison d'Ida, il y a beaucoup d'albums photos. Elle aimait garder des souvenirs de ses voyages. Mais je n'ai vu aucune photo de famille. Tu sais à quand remonte la dispute qui les a séparées ?

— Laisse-moi réfléchir… Je pense que petites, la rupture n'avait pas encore eu lieu. Quand ta mère parle de son enfance, elle le fait sans amertume. Je ne sais pas exactement à quel moment ta tante a blessé ta mère, vers l'adolescence peut-être ?

Thibaut discute encore quelques minutes avec son père. Il lui dit ne pas savoir quand il en aura terminé avec la maison, mais il le rassure : il va bien. Il évoque même le message envoyé par Camille, et son père, enhardi par sa sincérité soudaine, lui déclare espérer qu'elle lui revienne. Après avoir raccroché, Thibaut reste songeur et se repasse l'échange dans sa tête. Pour son père, Ida est à l'évidence à l'origine du schisme entre les sœurs. Il se souvient des paroles de sa mère quand elle a traité Ida de menteuse… Pourtant, Thibaut commence à remettre le discours familial en question. Sa tante n'est peut-être pas la seule à blâmer.

— 14 —

Leur conversation avait mal démarré. Au lieu d'entrer sans prévenir, comme à son habitude, Sigrid avait frappé à la porte. Thibaut aurait pu se réjouir de ce changement d'attitude, l'attribuant à un signe de politesse soudain, mais c'était sans compter sur la nature du coup porté. Fort, il avait fait trembler le battant. Le pied, avait pensé Thibaut. Elle a frappé avec le pied ! Outré, il s'était levé pour ouvrir et pour empêcher la démolition de la porte. Sur le perron se tenait Sigrid, les bras encombrés par un énorme sac de granulés, et l'hypothèse du pied avait été corroborée. Il avait tendu les mains pour la décharger, mais avait vu sa tentative immédiatement repoussée. La puissante femme-machine avait pénétré dans la maison, marchandise devant et pas déterminé, et il avait manqué se faire écraser contre le mur. Elle s'était dirigée sans hésitation vers l'appentis, où elle avait enfin placé son fardeau au sol. Thibaut, sauvé de l'attaque par un saut peu élégant, l'avait rejointe et trouvée penchée, en pleine évaluation de la réserve de granulés. Il connaissait le niveau de la denrée, déjà bien entamée. Alors il avait tenté de rassembler son courage et s'était concentré pour feindre l'ignorance, lorsqu'une fois relevée, la soigneuse lui avait lancé un regard plein de reproches. Apparemment, le stock s'amenuisait beaucoup trop vite. À ne pas respecter les rations, Thibaut ne rendait pas service au poney. S'il continuait ainsi, ses frêles jambes ne pourraient bientôt plus porter la pauvre bête. Sigrid avait pris le chemin du salon et continué à maugréer. À quoi bon tous les soins prodigués au shetland si un gavage en bonne et due forme sabotait son travail ?

Leur conversation avait donc mal démarré. Thibaut, encore secoué par cette violente entrée en matière, reprend ses esprits, bien à l'abri dans le salon. La fulminante Viking est à présent dehors. Il s'installe à son poste d'observation habituel, à moitié dissimulé derrière les rideaux. Il observe le poney. La soigneuse avait beau dire, la bête avait l'air en pleine forme. Autant que peut l'être un animal de son âge, dont les jours n'ont pas toujours été aussi beaux. Le shetland a peut-être un peu forci, certes, mais Thibaut voit plutôt cela comme une forme de solidarité avec sa propre silhouette. Le soir, lorsqu'il aperçoit son reflet dans le miroir ovale de la chambre d'Ida, son ventre lui apparaît en effet rebondi, plus gonflé qu'à son arrivée. Dans ces moments, il préfère ne pas attarder son regard. Il ne souhaite d'ailleurs pas non plus attarder sa pensée sur les raisons de cette nouvelle anatomie. Ce changement, il le sait, est à imputer à sa consommation d'alcool, devenue quotidienne. Avec lucidité, il se remémore les nombreuses tentatives avortées pour trier les affaires d'Ida. Bravo, le grand reporter ! Infichu de vider la maison, il se distingue évidemment dans un seul domaine : la réserve d'apéritifs, où il réussit à opérer un tri radical sans trop d'efforts.

Thibaut secoue la tête pour faire dévier ses pensées de leur chemin plombant. Il ne souhaite pas s'appesantir sur le nombre de bouteilles déjà terminées. Il tourne à nouveau son attention vers le jardin, dans lequel il trouve Sigrid à l'ouvrage, et son humeur vire immédiatement. Ce jour-là, elle porte ses cheveux détachés et a un air de guerrière celte. En plein effort, elle a retroussé ses manches, et Thibaut lorgne avec envie la peau ainsi révélée. Soudain, l'image de Camille surgit et il s'en veut. Mais très vite, sa culpabilité se mue en ressentiment. Est-ce lui qui est parti peut-être ? Non ! Camille l'a quitté et il a le droit de regarder une autre femme. Il tente de faire de cette affirmation une conviction, mais une autre idée s'insinue. Il s'efforce de la repousser au loin, derrière la porte de son cauchemar si possible. La vilaine finit par prendre le dessus. Elle éclate et le couvre de sa matière visqueuse.

Voilà. Il est envahi et ne peut plus ignorer ce sentiment rance qui mute, se multiplie et se propage dans son corps depuis la rupture. Il doit l'admettre, il a placé Camille dans une position intenable. Au début de leur relation, il a caché ses idées noires derrière un prétendu cynisme, espérant que cela lui donne un air intellectuel. Camille a bien sûr vu clair dans son jeu, mais n'a pas été rebutée. Au contraire, elle s'est battue pour l'aider à en sortir. Au fil des mois, pourtant, le sommeil de Thibaut a été de plus en plus troublé. Malgré le soutien de Camille, les périodes d'abattement se sont aggravées, pour finir par laisser toute la place à la dépression. Et Camille n'a eu d'autre choix que de sauver sa peau. Thibaut respire fort. La pensée a peut-être éclaté, mais faire preuve d'honnêteté envers soi-même n'apporte pas systématiquement l'apaisement. Au contraire, il constate les dégâts provoqués par sa mélancolie inexpliquée et dresse un bilan terrifiant : il ne dispose d'aucune solution pour arrêter sa chute.

Sigrid, pour sa part, est satisfaite de sa séance et regagne le salon. Toujours à son vertige, Thibaut la voit à peine. Par habitude, automatisme même, il lui propose de rester. Il ne nourrit aucun espoir. La soigneuse, d'ordinaire déjà peu encline à prolonger sa venue, ne lui a probablement pas pardonné le nouvel embonpoint du poney.

Elle accepte. Thibaut est soufflé. Ses idées noires prennent un tout autre chemin et il se demande si son cœur résistera à ce revirement. Il s'empresse d'ouvrir le bar d'Ida et plonge en avant. La tête dans les bouteilles, il cache son visage, sur lequel s'affiche sans aucun doute son étonnement, mêlé de plaisir. Malheur ! Il a agi trop vite, cette précipitation n'enverrait-elle pas de mauvais signaux ? L'hypothétique ascendance viking et irlandaise de Sigrid et l'appétence supposée de ces peuples pour l'alcool ne suffisent probablement pas à rendre le geste Thibaut très séduisant.

Sigrid s'approche. Ils sont maintenant penchés de conserve sur le globe terrestre. La soigneuse regarde avec circonspection le guignolet. Thibaut l'a récemment acheté avec l'idée de remplir le vide laissé par les bouteilles terminées. Pourtant, comme tous les addicts n'ayant pas encore tout à fait basculé, il réussit à respecter quelques règles imposées. Ne pas boire avant midi. Ne pas toucher à l'armagnac favori de Sigrid. Elle saisit d'ailleurs la bouteille ronde et aplatie et il se félicite. Elle sélectionne un verre dans le meuble du salon, se sert la boisson fétiche. Avec satisfaction, Thibaut note que c'est une femme fidèle.

Ils s'installent tous deux sur le canapé. Sigrid entame immédiatement son verre, en silence, sans trinquer. Thibaut boit une gorgée. Le visage de la soigneuse est plein, la peau est lisse, sans défaut. Une nouvelle fois, elle lui apparaît comme l'incarnation de la santé et de la vigueur. Elle lui donne faim, voilà tout. Il a envie de lui saisir le menton, de lui attraper les lèvres. L'image le trouble, son corps se réveille, et il en a mal. Il est si fatigué, il n'est pas certain de pouvoir endurer ces vagues de désir. Il se racle la gorge. Le silence s'étire, et il a la désagréable sensation d'avoir dévisagé Sigrid bien plus longtemps que permis par les convenances. Vite, quelque chose à dire. Pourtant, il se sent bien incapable de tenir une conversation ! Il lui faut trouver un sujet, n'importe lequel, faire parler Sigrid lui donnerait le temps de reprendre ses esprits. Comment va le poney ? Voilà, la banalité fera l'affaire. À son grand soulagement, Sigrid ne se fait pas prier et détaille la fourbure chronique de l'animal. Thibaut s'efforce de se concentrer sur le discours de la soigneuse et se garde d'observer cette bouche s'animer au fil du récit. La fourbure est sous contrôle, mais des années d'absence de soin ont entraîné des dommages incurables au niveau de la structure du squelette. Avec beaucoup de patience et de régularité, on peut éviter une dégradation et soulager, mais le traitement doit être holistique et concerner chaque parcelle de la vie de l'animal, y compris la nourriture. Thibaut note le ton appuyé de Sigrid à cette dernière phrase. Malgré l'intérêt porté par l'ostéopathe pour ses patients à quatre pattes, elle n'en devient pas pour autant prolixe, et finit par venir à bout de son bilan médical. Elle conclut avec force : le poney est entre de bonnes mains. Thibaut s'empresse de corroborer l'affirmation. Il n'en a jamais douté.

Ses efforts ont payé et il est à nouveau maître de son corps. Il se lève, conscient du silence qui menace de s'installer. C'est le moment idéal pour aborder le principal sujet de ses obsessions. Il se tourne et fait face à sa convive.

— Sigrid, je voulais vous parler de quelque chose. Je le sais bien, cette histoire de porte n'intéresse personne, mais vous le savez, ça m'interroge.

Thibaut hésite à utiliser l'argument de la vente de la maison dégainé chez le notaire. Cela pourrait conduire à évoquer le destin du poney une fois la maison achetée, et Thibaut souhaite à tout prix ne pas braquer Sigrid. Il redoute sa réaction. Il l'imagine très bien d'ailleurs capable de les menacer, lui et les nouveaux propriétaires, s'ils envisageaient de déloger la bête de son habitat. Il opte pour une explication plus vaseuse mais, à ses yeux, moins dangereuse.

— J'aime résoudre les mystères, disons que c'est une déformation professionnelle. Suite aux conseils d'André, j'ai rendu visite à maître Guérin, le notaire. Il m'a remis les plans de la maison. Figurez-vous qu'à l'époque, il y avait bien une porte entre le rez-de-chaussée et le jardin !

Sigrid a posé son verre sur la table. Thibaut, déjà témoin de ses habitudes de grande buveuse, s'en étonne, car le verre contient encore un peu du précieux liquide. Sa princesse irlandaise ne réagit pas à l'annonce de l'ancienne porte. Au début, Thibaut croit y voir la preuve de son inintérêt. Puis il remarque sa position. Droite, presque immobile, elle l'observe. Cela le frappe. Si Sigrid n'a pas sourcillé, ce n'est pas par dédain, mais plutôt parce qu'elle est certainement déjà au courant ! Elle a légèrement incliné la tête sur le côté, et Thibaut sent son cœur battre plus vite. Il saisit les pensées qui passent à travers la tête de la soigneuse. Non seulement elle connaît l'existence de l'ancienne porte, mais elle en sait beaucoup plus. Et à présent, elle évalue ce qu'elle souhaite révéler à Thibaut.

Une ombre soucieuse passe sur le visage de la femme et Thibaut corrige. Elle évalue ce qu'il est prêt à encaisser. Il se fustige intérieurement. Aveuglé par sa soudaine passion adolescente, il a vu Sigrid uniquement comme l'objet de ses fantasmes. Il a été si bête ! En face de lui se trouve une femme qui vient chez sa tante toutes les semaines, une femme en charge des soins de son shetland décati, une amie et, peut-être, une confidente. Thibaut a une fugace pensée pour Camille et son dernier message. Elle se serait bien moquée de lui ! Mû par l'envie de rattraper le temps déjà perdu, Thibaut, fébrile, presse Sigrid :

— L'accès était-il déjà bouché quand ma tante s'est installée dans la maison ? Je n'en sais rien. De toute façon, je ne vois pas ce qui motive quelqu'un à condamner la seule porte d'accès au jardin ni à acheter une telle maison ! En plus, vous avez remarqué la fenêtre du salon ? Vous avez vu les dispositifs de sécurité mis en place ? Ils ont l'air modernes, bien entretenus, plus faciles à dater aussi. Ils ont de toute évidence été posés par ma tante.

Sigrid baisse les yeux et, concentrée, elle incline toujours la tête, cette fois, comme pour signifier à Thibaut qu'elle comprend ses interrogations. Mais il le remarque à peine. Maintenant lancé, il termine en déclarant, plus pour lui-même que pour son interlocutrice, toujours muette :

— C'est comme si on avait voulu barrer l'accès au jardin.

Sigrid reprend son verre et le termine. Elle se lève, ramasse ses affaires, ajuste sa sacoche à l'épaule. Thibaut la regarde faire, impuissant. Il voudrait la retenir, l'urgence lui monte à la tête. Il le sent, si elle le quitte maintenant, elle ne lui livrera jamais la clef. Prête à partir, Sigrid se tourne vers lui. Dans son regard, il le voit, sa décision est prise.

— Vous prenez le problème à l'envers, Thibaut. Ça n'est pas l'accès au jardin qu'Ida voulait barrer. C'est l'entrée dans la maison qu'elle voulait empêcher. Votre tante, c'était une femme qui voulait se protéger.

— 15 —

Il est chez ses grands-parents. C'est un vieux corps de ferme à colombage alsacien. L'entrée est un couloir qui dessert plusieurs pièces. Au fond, une porte est fermée. Elle mène aux étages et aux chambres. Il lui fait face. Il fait nuit, les autres sont couchés, le carrelage est froid sous ses pieds nus. La peur le saisit. Il se force à répéter les gestes reproduits tant de nuits auparavant. Il avance. Il pose un pied, puis l'autre. Avec peine, il remonte le couloir immense, finit enfin par atteindre la porte. Il est si proche. La peau de son crâne se tend, il a le tournis. Il est en alerte. Il veut faire demi-tour. Il essaie de se reprendre. Sa peur est irrationnelle, sans fondement. Il réunit son courage, il a déjà tant fait, il ne faut pas abandonner. Il lève le bras droit, approche sa main de la poignée, l'attrape. Nuit après nuit, la sensation ne lui est toujours pas familière, et il est frappé par le contact du cuivre sur sa paume moite. Une douleur le prend dans les os de ses doigts et remonte jusqu'au coude. Il veut lâcher, mais résiste. Il agrippe la poignée plus fermement. Il lui suffirait de la tourner.

Il se réveille.

— 16 —

Thibaut s'extirpe du lit, se traîne sous la douche et commande au mince jet d'eau chaude d'éliminer les souvenirs de la nuit. Épuisé, il se sèche, se force à enfiler des vêtements corrects, et évite de croiser son reflet dans le miroir. Il se sent déjà assez mal comme ça. Il descend, mais ne se rend pas à la cuisine. Observer la boisson infuser dans la cafetière à piston n'est pas un rituel qui le soulagerait aujourd'hui. Même la fontaine de bambou ne pourrait pas l'apaiser. Dans l'entrée, il enfile sa veste, attrape son écharpe et sort. Le froid du matin le revigore un peu. Aujourd'hui, il ne veut pas prendre son petit déjeuner seul. Aujourd'hui, il a besoin de sentir la présence des hommes du village à ses côtés. Pour lui faire oublier la terreur.

Lorsqu'André le voit entrer, il s'exclame. Le petit est mal en point. Thibaut s'installe au bar, comme s'il regagnait le camp après avoir vaillamment livré bataille. Mais les chefs de troupe sont sans pitié et André ne le rate pas. Le diagnostic tombe, le petit d'Ida a mauvaise mine, celle d'un type qui ne dort pas beaucoup. Thibaut ne commente pas et lui commande plutôt un café. Il le prévient : qu'il se tienne prêt à lui en servir un deuxième. André opine. L'homme abandonne ses fonctions de commandant et endosse son rôle de cantinier. Il a saisi la gravité de la situation et prend sa mission au sérieux. Le chef de clan ne laisse pas son guerrier à terre. Il enclenche le percolateur et fait couler deux expressos simultanément. Une fois ses deux petites tasses terminées, André lui sert un troisième café. Plus dilué, celui-ci provient d'une cafetière à filtre qu'on laisse réchauffer toute la journée et que le patron garde sous la main en cas de situation d'urgence. Il pose devant Thibaut un gros mug plein, sur lequel sont peints un râteau, une bêche et une pelle. Il s'agit bien d'un bar où on aime le jardinage. Les deux expressos serrés ont redonné contenance à Thibaut. Il avale une gorgée du mauvais café filtre d'André et s'efforce de ne pas grimacer. Il sait le patron sensible, l'homme considère que cette boisson trop diluée est une sorte de médication miracle pour grands malades. Chaude, elle offre du réconfort ; servie en grande quantité, elle donne le temps de s'épancher.

Lorsqu'André juge le petit d'Ida suffisamment remis sur pied, il attaque de nouveau :

— Alors, que nous vaut une gueule pareille ce matin ? On dirait que t'as pas dormi depuis deux semaines !

— T'as pas complètement tort, André ! Je dors mal, j'ai des insomnies. Ça fait longtemps, j'ai l'habitude.

Thibaut, venu avec l'idée de profiter de la présence protectrice de ces hommes taiseux, n'a pas envie de dévoiler à André de quoi ses nuits sont faites. Il espère cette explication satisfaisante. Il souhaite se concentrer sur la rediffusion du journal. Mais André n'en reste pas là. D'un air taquin qui alarme Thibaut, il reprend assez fort pour en faire profiter l'assemblée :

— Des insomnies évidemment ! T'es sûr qu'on t'a pas aidé à rester éveillé plutôt ?

Thibaut entend les ricanements s'élever dans la salle et André, content de lui, affiche un sourire en coin qui ne lui dit rien qui vaille.

— Je ne sais pas de quoi tu parles, André. Je suis malheureusement venu tout seul, il n'y a personne d'autre dans la maison. Je partage bien l'endroit avec un foutu poney, tu me diras ! Mais, et on en a assez parlé, je crois, tu sais bien que même s'il avait voulu me réchauffer la nuit, il n'aurait pas pu me rejoindre dans la chambre. Vu qu'il n'y a pas de porte !

Sa voix a légèrement déraillé sur le dernier mot et il reprend une gorgée.

— Ah ! Ton poney, parlons-en ! On s'en occupe bien, de lui, non ? Il paraît même qu'après, on s'occuperait de toi !

Thibaut sent ses joues rougir. Voilà donc ce qui trotte dans la tête des habitués du café et qui fait sourire bêtement son patron. Depuis quand ces racontars ont-ils commencé à circuler ? Les hommes rient maintenant de bon cœur, et Thibaut se sent trahi par ses frères d'armes. Lui, venu les rejoindre ce matin en quête d'apaisement ! Même si l'allusion d'André à la maréchale-ferrante n'est pas soutenue par des faits, Thibaut a l'impression de voir la nature de ses fantasmes pour Sigrid exposée. Mis à nu, il peine à feindre l'offusqué.

— C'est des commérages, ça, André ! Il ne se passe rien entre Sigrid et moi, c'est à peine si elle m'adresse la parole. De toute façon, j'ai déjà quelqu'un dans ma vie.

— Première nouvelle ! Tu dois manquer à cette charmante personne alors, parce qu'on ne l'a pas encore vue te rendre visite !

— C'est compliqué, c'est tout. C'est une ex.

Face au regard morose de Thibaut, André retrouve son air bienveillant. Il encourage le petit à finir son mug et attend de voir le visage de ce dernier reprendre une couleur plus naturelle pour lui adresser à nouveau la parole, toute taquinerie oubliée. Il y a des abcès qu'il faut se garder de purger.

— Au fait, ça s'est passé comment avec le notaire ? On t'a vu foncer vers la maison après avoir déposé les clefs, comme si tu avais le feu aux fesses !

La question d'André rappelle à Thibaut sa découverte. Son visage s'anime à nouveau et il se redresse sur son tabouret. Le doigt en l'air, il s'exclame :

— Ah, André, j'avais raison ! Je savais bien qu'aucun architecte n'aurait dessiné une pareille maison. Les plans montrent bien une porte entre le jardin et le rez-de-chaussée, dans l'entrée. Mais elle a dû être bouchée, car depuis l'intérieur, on ne voit rien. Dans le jardin, rien n'était visible non plus à cause de la végétation. J'ai décroché le lierre, mais j'ai bien fait attention aux phasmes, ne t'en fais pas. Et là, André, est apparue une arche en brique !

— Eh bien, voilà ton mystère résolu ! Tu vas peut-être pouvoir mieux dormir maintenant, et nous présenter un visage moins effrayant !

La verve de Thibaut perd de sa vigueur. Il lève les yeux vers André et lui adresse un faible sourire, presque honteux.

— Oui... Je ne sais pas, André, les plans ont confirmé ce que je soupçonnais, c'est bien. Mais ça n'explique pas pourquoi on a décidé de boucher l'accès au jardin.

Le court soulagement ressenti par André à l'écoute de la découverte de Thibaut est balayé. Le garçon n'a visiblement pas mis de point final à son histoire et n'est pas prêt à changer de marotte. Exaspéré, il tâche de masquer sa déception. Pour Ida, se dit-il.

— Qu'est-ce que tu comptes faire alors ?

Thibaut prend un moment pour répondre. Depuis qu'il a déchiffré les plans, une idée a germé dans sa tête, mais il ne l'a pas encore formulée à haute voix.

— J'ai envie, je crois, de rouvrir le mur et de réinstaller une porte entre l'entrée et le jardin.

Ragaillardi par son aveu, Thibaut veut se justifier :

— De toute façon, si je veux vendre cette maison, il va bien falloir ajouter un accès plus pratique, je me vois mal demander aux visiteurs de passer par la fenêtre ! Mes parents pourraient être d'accord pour financer les travaux et se rembourser avec l'argent de la vente.

Thibaut a à présent basculé d'un profond désœuvrement à l'excitation typique du fou habité. Son regard brillant est celui de l'obsédé, persuadé d'avoir eu une idée extraordinaire. André est encore plus alarmé.

— Tu ne connaîtrais pas quelqu'un dans le coin pour me faire les travaux ?

Convaincu qu'il n'abandonnera pas avant d'être allé au bout, André soupire et communique à Thibaut les coordonnées de l'artisan.

— Dis-lui que tu appelles de ma part sinon tu n'auras jamais de créneau avant l'année prochaine. Un artisan sérieux, compétent et qui ne surfacture pas, c'est prisé.

— 17 —

Après ses trois cafés, Thibaut quitte le bar d'André et regagne la maison. C'est l'heure de nourrir le poney. Sans retirer ses chaussures, sa veste et son écharpe, il se rend directement dans l'appentis. Une fois muni d'une généreuse louche, il gagne le salon et enjambe la fenêtre. Il marche lentement vers l'auge, tout en faisant attention à ne pas perdre de granulés en route. Le poney a déjà rejoint sa gamelle à une vitesse défiant toute médecine équine et l'attend en remuant la queue. À l'arrivée de Thibaut, l'animal frotte son chanfrein contre son pull, dans une rare démonstration d'affection. Thibaut est projeté en arrière et manque de vider la louche à côté. Il retrouve son équilibre et s'étonne de la force contenue dans cette carcasse. D'un ton autoritaire, il réprimande le poney. Il a bien remarqué son petit jeu, lui accordant de l'attention uniquement lorsqu'il y a de la nourriture à la clef. Le shetland répond par un profond soupir, projetant un filet de bave sur Thibaut. Résigné, Thibaut secoue sa manche et baisse sa garde. L'animal en profite pour prendre une bouchée à même la louche. Thibaut crie, délaisse sa manche pleine de bave et se baisse pour verser dans l'auge les granulés qui n'ont pas encore fini dans la bouche du poney ou au sol. C'est là que son téléphone glisse de sa poche et tombe dans l'herbe. Il le ramasse précipitamment, de peur que l'animal fasse une fois de plus démonstration de sa force cachée et écrase l'appareil sous ses sabots pourtant minuscules. L'appareil en main, Thibaut se redresse et remarque alors la diode. Elle clignote. Il consulte l'historique de ses appels.

Camille a essayé de le joindre. Elle n'a pas dû apprécier son dernier message. Il sent la panique le gagner. Suffisamment pour lui donner enfin le courage de le lire. Il clique sur leur conversation et ose affronter son dernier texto, envoyé alors qu'il était déjà bien enivré : « Camille, je vais bien, ne t'inquiète pas s'il te plaît. Je découvre la femme qu'était Ida, j'ai l'impression de déverrouiller une partie de moi-même que je ne connaissais pas. Le poney se porte au mieux, je crois qu'il grossit. J'aimerais te voir. » Il est partagé entre soulagement et affolement. Surpris de constater que ses phrases ne sont pas complètement dénuées de sens, il s'en veut pourtant d'avoir terminé sur une telle note. Il devait la laisser tranquille, il n'a pas le droit de lui dire qu'il pense encore à elle. Et puis surtout, il n'est pas capable d'affronter un nouveau rejet.

Le téléphone dans une main et la louche vide dans l'autre, Thibaut se tient immobile au milieu du pré. Il n'a pas conscience du bruit que fait le poney avec sa bouche en raclant l'auge, à la recherche des derniers granulés. Pas plus qu'il ne sent le froid. Il se sent honteux. Camille l'a contacté uniquement car le coup de fil de sa mère l'avait fait culpabiliser. Et lui, il y a vu une occasion pour essayer de la récupérer. Maintenant qu'elle sait à quel point il est désespéré, elle veut certainement confirmer que c'est terminé, s'assurer qu'il ne reprenne pas espoir.

Il revient à lui lorsque son téléphone vibre. Il porte l'écran à son visage et panique de plus belle. Pendant qu'il ruminait, Camille lui a laissé un message vocal. Il inspire et presse d'un doigt tremblant l'écran avant de le coller à son oreille. Camille le remercie pour son message. Elle est soulagée de le savoir en bonne santé. Elle n'a pas tout compris à cette histoire de poney, mais serait heureuse de le revoir aussi.

— 18 —

— Non seulement je peux l'ouvrir, mais en plus je peux le faire vite ! C'est simple, jeune homme, la porte, c'est moi qui l'ai condamnée il y a dix ans.

L'homme part dans un rire sonore. Manifestement, il trouve la situation comique et n'est pas le moins du monde vexé que Thibaut lui demande de détruire ce qu'il a construit autrefois.

— Faire et défaire, c'est toujours travailler !

Et il rit de plus belle. Thibaut ne comprend pas ce qu'ont les hommes du coin avec lui. D'abord, il se fait appeler « mon petit » par André, et à présent, il écope d'un « jeune homme », il ne sait pas s'il doit se sentir flatté ou infantilisé.

Il avait appelé le numéro noté au bar, mais comme c'était à prévoir, il était tombé sur la messagerie de l'artisan occupé. Guy, c'est son nom, invitait Thibaut à lui laisser un message et lui promettait de le joindre dès que possible. Thibaut n'avait pas oublié de mentionner qu'il avait eu le numéro grâce à André, et Guy l'avait joint peu de temps après. Le patron de bar avait visiblement le bras long. Le lendemain de son appel, Thibaut a donc ouvert à un homme dans la cinquantaine, petit, mais robuste. Vêtu d'un pantalon à multiples poches et d'un sweat-shirt écru, il a salué énergiquement Thibaut et essuyé plusieurs fois la semelle de ses chaussures tachées de peinture avant d'entrer.

Une fois dans la maison, il a déclaré d'une voix enjouée qu'elle était fidèle à ses souvenirs. Sans se faire prier, Guy a fourni à Thibaut des explications. Peu de temps après son installation au village, la tante de Thibaut a embauché Guy pour les travaux. Elle a insisté pour que la porte soit non seulement bouchée, mais également cachée derrière une plaque de plâtre parfaitement lisse. Elle ne voulait pas que l'on puisse deviner qu'il y avait eu une ouverture derrière le mur. Guy s'en souvient très bien, car sa tante, par ailleurs charmante, a été intransigeante sur ce point. Elle a longuement observé le mur avant de déclarer le résultat satisfaisant.

Arrêtant de rire, Guy lève le doigt en l'air et, par ce geste, demande à Thibaut de lui accorder un instant. C'est la deuxième fois depuis qu'il est entré dans la maison que son téléphone sonne. Guy est incontestablement un homme demandé. D'une voix professionnelle, l'artisan décroche et, après quelques secondes d'écoute appliquée, donne un rendez-vous. Il doit mettre son portable en haut-parleur pour le noter dans l'agenda électronique, et Thibaut entend alors la voix désespérée d'une femme dont la douche fuit à nouveau.

Après avoir assuré à l'infortunée dame qu'il passerait jeudi, Guy raccroche et s'excuse auprès de Thibaut pour l'interruption. Il se tourne vers lui et lui lance dans un grand sourire :

— Bon alors, pour tout vous avouer, j'attendais votre appel, André m'avait déjà prévenu, on s'est croisés à la pépinière, vous savez. Il paraît que vous êtes un peu… pressé.

Sur ce dernier mot, Guy hésite et Thibaut se doute qu'il ne s'agit pas du terme employé par André pour décrire son état d'esprit. Embêté à l'idée que le patron de café le fasse passer pour un illuminé, mais reconnaissant aussi, il confirme à Guy que pressé, il l'est.

— Mon agenda est bien chargé, mais je veux bien vous prendre en priorité. André m'a promis un *mimosa pudica* !

Il lance cette dernière phrase le regard brillant d'envie. Thibaut analyse la situation et choisit rapidement la démarche à suivre. S'il veut continuer à bénéficier des traitements de faveur de Guy, il vaut mieux se rendre sympathique. Certain que l'amateur de plantes serait aux anges de partager sa passion, Thibaut confesse n'avoir pas la moindre idée de ce à quoi peut ressembler un *mimosa pudica*.

— C'est une plante tout à fait extraordinaire ! Figurez-vous que lorsque l'on touche ses feuilles, elles se rétractent ! Pour tout vous avouer, ça fait longtemps que j'espère en ajouter une à ma collection.

— Une collection ? De plantes ?

— Pas n'importe lesquelles ! Des plantes originales, mystérieuses !

Et fièrement, l'artisan brandit son téléphone pour présenter à Thibaut son œuvre, un jardin d'hiver accolé à la maison, entièrement bâti de ses mains il y a quelques années.

— C'était mon rêve et, si j'ose me vanter, le résultat est pas mal ! Mais enfin, les vedettes, ce sont mes beautés ! Tenez, regardez celle-ci !

Guy fait défiler les photos de ses plantes et Thibaut se félicite, il est en train de marquer des points. Il n'y connaît rien en verdure, mais alors que le bricoleur lui montre les photos de ses végétaux, il reconnaît à celles-ci un aspect tout à fait étonnant. Il en fait la remarque et Guy acquiesce.

— Ici, voyez-vous, c'est le coin des plantes carnivores, et là, près de la méridienne, c'est ma collection d'orchidées.

Guy passe à la photo suivante et reprend.

— Là, c'est l'espace dédié aux oiseaux de paradis. Estimez-vous privilégié, vous êtes en train d'admirer leurs fleurs. Il m'a fallu des années de patience et de soins pour qu'elles finissent par éclore !

Thibaut exprime à présent son admiration sans trop d'effort, il se laisse impressionner par la collection de l'artisan et l'effet saisissant de cette profusion végétale dans la véranda.

Satisfait, Guy range son téléphone portable dans l'une de ses multiples poches et déclare venu le temps de revenir aux choses sérieuses. Thibaut en profite pour lui demander s'il n'a pas été surpris par la requête de sa tante. Condamner le seul véritable accès au jardin tout de même, ce n'est pas banal, si ce n'est absurde. Guy confirme. Il a en effet d'abord été ahuri par la description des travaux. Mais Ida savait se faire comprendre lorsqu'elle ne voulait pas changer d'idée.

— Franchement, entre hommes, je peux le dire, et puis il y a prescription quand même ! Votre tante, elle m'a fait un peu peur ce jour-là ! Je ne suis pas fou moi, je n'ai pas insisté. Et puis de toute façon, le client est roi !

Guy a donc réalisé les travaux en passant quelques outils par la fenêtre. Une chose est certaine, ce chantier, il n'est pas près de l'oublier ! Les paroles des hommes du village reviennent en mémoire de Thibaut. La première fois qu'il s'était rendu au café, ils avaient parlé d'Ida. Une grande dame, oui, mais pas sans autorité.

Le rendez-vous est pris. L'artisan passera le lendemain matin. Il tâte ses poches de pantalon et saisit son téléphone pour le noter. Les deux hommes parcourent ensuite ensemble le bref chemin jusqu'à la porte et se saluent. La main sur la poignée, Guy se retourne et jette un dernier regard vers le fond de l'entrée.

— Et le coffrage sous l'escalier, je le retire aussi ?

Thibaut ne saisit pas la question. Devant son air interrogatif, Guy explique qu'à la demande d'Ida, il a coffré l'espace vide sous les marches, en même temps qu'il a fait disparaître la porte.

Thibaut accepte aussitôt.

— 19 —

Thibaut se lève tôt pour accueillir Guy. À 8 heures, il est douché, habillé, et le café infuse sur la table de la cuisine. La veille, il a fixé un rendez-vous téléphonique avec son père, loin des oreilles de sa mère. L'homme s'est rapidement rangé derrière l'argument de Thibaut, on ne se débarrasserait pas de la maison facilement tant qu'elle n'aurait pas d'accès pratique au jardin. Pressé d'en finir avec cette histoire, de revoir son fils et, surtout, se dit Thibaut, de ne plus subir les plaintes de sa femme, il a accepté d'avancer l'argent pour les travaux.

Thibaut, absorbé dans la contemplation du bambou déversant inlassablement l'eau dans le bassin, est ramené à la réalité lorsqu'un fourgon s'approche de la maison et se gare juste en face. Sur son flanc est écrit en lettres rouges « Guy Rénov' » puis, en dessous, en plus petit, « artisan tous corps d'état ». Thibaut voit Guy sortir du côté conducteur. Il porte une tenue similaire à celle de la veille, pantalon à poche et tee-shirt taché de peinture. Il se dirige vers l'arrière du fourgon et ouvre les deux portes en grand, sans couper la discussion entamée dans la voiture avec l'homme assis du côté passager. Après un instant, les artisans s'approchent de la maison, chargés d'outils, et Thibaut leur ouvre avant qu'ils n'aient à sonner. Guy le salue chaleureusement et présente son employé, Romain. Grand, carrure solide, voix grave, bien placée. Typique de l'homme qui rassure les femmes, évalue envieusement Thibaut. Il aurait plu à Camille.

Thibaut tâche de faire bonne figure et propose un café aux deux travailleurs. Ils acceptent avec plaisir, mais ne s'attardent pas. Ils le boivent rapidement et posent leurs tasses vides dans l'évier. Ils souhaitent se mettre au travail le plus tôt possible, ils ont beaucoup à faire, et la journée promet d'être longue.

Thibaut s'attelle à la vaisselle du petit déjeuner, mais très vite, il se sent démuni. Il erre dans l'entrée, empoté, ne sachant pas s'il doit se tenir à la disposition des artisans ou plutôt laisser l'espace libre. En vérité, il a très envie de rester dans les parages afin d'assister à l'exhumation du passage. Il se poste entre la cuisine et l'entrée, s'adosse au chambranle et tente de se faire oublier. Il observe le ballet des deux hommes. Ils s'activent. Guy mène la danse, il établit la marche à suivre et prodigue ses conseils. Romain obéit, sans pour autant s'écraser lorsque l'aîné le reprend sur sa façon de faire. Concentré, Guy a laissé de côté pour un temps sa bonhomie naturelle. Les deux hommes ne se parlent que pour se donner des indications. Presque fusionnels, l'un tend l'outil nécessaire avant que l'autre n'ait à le demander.

Les hommes soufflent sous l'effort, ils ont dégagé l'armoire à chaussures que Thibaut s'est bien gardé de déplacer lui-même la veille pour préparer l'arrivée des artisans. Il se rassure en se félicitant d'avoir tout de même pensé à la vider et à entreposer les chaussures d'Ida dans le bureau. L'espace étant libre, Guy et Romain s'attaquent à la plaque de plâtre posée dix ans plus tôt. À coups de marteau, ils cassent la couche superficielle du mur. Entre les débris et la poussière, Thibaut, frustré, distingue difficilement l'avancée. Enfin, après un moment, Guy dépose ses outils et se tourne vers Thibaut. L'artisan, couvert de poudre blanche, pointe le mur du doigt. Thibaut la remarque alors. Là, sous ses yeux, une arche similaire à celle mise au jour côté jardin apparaît. En son sein, des couches bien ordonnées de parpaings se succèdent. Thibaut n'a pas le temps de réagir, les hommes se sont déjà remis au travail et commencent à présent à extirper les parpaings au burin. Plus tard dans la matinée, ils font une pause. En sueur, ils ne souffrent pas de l'air froid que l'ouverture laisse pénétrer dans la maison. Après avoir bu un peu d'eau et refusé un second café, ils gagnent le camion garé dans la rue et en sortent un bloc-porte en bois. Ils le soulèvent et rejoignent Thibaut dans l'entrée. Entre deux phrases, Guy reprend son souffle. Il se souvient de l'ancienne porte, elle avait beaucoup de charme. En bois massif, elle était vitrée sur sa partie supérieure et décorée d'impostes en fer forgé ouvragé. Celle qu'ils s'apprêtent à poser est une banale porte en chêne, mais compte tenu des délais, c'est tout ce qu'il a pu dénicher dans sa réserve. Thibaut le rassure, elle est très bien. Les hommes mesurent l'ouverture dans le mur, puis la porte, et la rabotent légèrement afin qu'elle ne frotte pas au sol. Ils posent d'abord le bâti et garnissent l'interstice de mousse expansive. Ils apprennent à Thibaut qu'elle doit reposer deux heures. Ils vont en profiter pour aller déjeuner et déboucher les toilettes de M. Rilon. Thibaut note la façon dont Guy lui parle de son client, comme s'il était évident que Thibaut connaissait les gens du coin. Il en tire une certaine fierté et cela le surprend. Depuis quand a-t-il amorcé le virage de son Alsace natale vers le Vexin français ?

Les deux hommes partis, il se réfugie dans le salon et ravive le feu. L'air d'automne continue de pénétrer dans la maison par le trou béant et Thibaut, resté quasi immobile depuis le début des travaux, n'a pas développé la même insensibilité au froid que les deux artisans. Il s'abstient de prendre place dans le canapé, optant cette fois pour le voltaire au tissu vert bouteille élimé. Il l'installe près du feu, face à la fenêtre. Le dossier est raide, mais assez haut pour y appuyer la tête. L'assise est moins confortable, mais le siège lui permet d'être proche des flammes et d'avoir un œil sur le jardin. Il compte bien surveiller le poney, dans le cas où il lui viendrait à l'idée d'utiliser l'ouverture béante du mur pour se mettre au chaud dans la maison.

Emmitouflé sous le plaid tartan, revigoré par la chaleur de l'âtre, Thibaut songe au message de Camille. De sa voix cassée, presque mouillée, elle disait souhaiter le revoir. En tant qu'amis ? Elle n'a pas précisé. Que doit-il faire ? Il tente de taper une réponse, mais il est trop tôt pour se servir dans le bar de sa tante et, sans le soutien du whisky, il peine à trouver l'inspiration.

Les deux artisans reviennent et Thibaut abandonne sa zone d'observation. Sa surveillance s'est en fin de compte révélée inutile, le poney n'ayant pas entrepris de reconnaissance dans la maison. Indifférent, il semble dormir debout au fond du jardin.

Les hommes liment l'excédent de mousse et montent la porte. Une fois les couvre-joints collés, ils réunissent les débris dans un gros sac en plastique résistant et se tournent à nouveau vers Thibaut qui a regagné son point d'observation entre la cuisine et le couloir. Il croise le regard de Guy et Romain, y lit la satisfaction du travail accompli et le désir de trouver chez lui le même contentement. Il a peur que sa réaction soit interprétée comme de la déception, mais il se sent incapable de donner le change. Il s'exprime avec difficulté et ravale ses larmes. Il se sent stupide. Il sait son comportement irrationnel, mais il a perdu le contrôle. Il actionne la porte à plusieurs reprises, successivement. Il passe plusieurs fois de l'entrée au jardin, sans comprendre ce qui le bouleverse à ce point. Finalement, il réussit à prononcer une plaisanterie médiocre à propos du poney qu'il faudrait interroger sur cette nouvelle configuration et part en direction de l'animal, laissant derrière lui les deux hommes sans un regard. Les mains dans la crinière, Thibaut s'accorde le temps de reprendre un peu de contenance. À son retour, si les hommes lui reprochent son comportement, ils n'en montrent rien. Ils se sont déjà lancés dans le démontage du coffrage. Planche par planche, ils révèlent l'espace situé au-dessous de l'escalier. Thibaut aurait voulu caresser le poney plus longuement, mais une fois la bête ayant pris conscience que l'homme n'apportait rien à manger, elle s'était désintéressée et s'était éloignée, en quête d'herbe plus appétissante. L'air frais et le bref contact avec la robe épaisse de l'animal avaient tout de même aidé Thibaut à se ressaisir.

Il marche vers la maison et admire la porte ouverte devant lui. Dans l'entrée, il trouve Guy, agenouillé sous l'escalier. L'espace est maintenant complètement dégagé. Thibaut ne distingue pas son visage, mais entend l'artisan ahaner. Guy finit par se retirer de l'espace exigu. Il se relève avec difficulté, à la force de ses jambes, les bras entravés. Les deux hommes se font face, et Thibaut constate qu'il tient un coffret en fer à deux mains. Aussi étonné que Thibaut, Guy lui tend la boîte et lui explique l'avoir trouvée derrière le coffrage. Thibaut la saisit et la porte à hauteur de ses yeux. Sa surface grise est décorée de fines lignes rouges. Elle ferme grâce à un épais loquet doré piqué par la rouille. Les hommes ont réussi à démonter le coffrage sans trop endommager l'escalier. Quelques retouches seraient peut-être nécessaires pour obtenir un résultat net, mais ils peuvent repasser plus tard. Après avoir balayé l'endroit, ils proposent à Thibaut d'entreposer le meuble à chaussure sous l'escalier, il passe tout juste. Thibaut acquiesce sans vraiment leur prêter attention. Il a ouvert le coffret et découvre les photos qu'il renferme. Les photos manquantes de la jeunesse d'Ida.

— 20 —

Contrairement aux photos collées dans les albums de sa tante, celles contenues dans la boîte ne suivent aucune logique chronologique. Thibaut passe l'heure suivante à les classer en plusieurs colonnes, des plus anciennes aux plus récentes. Il se relève et observe le résultat. Sur le tapis du salon repose à présent la jeunesse inconnue de sa tante. Dans la colonne située le plus à gauche, Thibaut a déposé les photos où Ida apparaît bébé, dans les bras de ses parents, en train de prendre son bain ou assise dans le jardin. Plus le regard se déplace vers la droite, plus elle grandit. La mère de Thibaut fait son apparition en colonne quatre. Les deux sœurs posent ensemble, vêtues du même pyjama ou de la même tenue de marin. Figure aussi en quatrième colonne la première photo de famille au complet, sa mère dans les bras de sa grand-mère, Ida devant le grand-père de Thibaut, les deux mains posées sur les fines épaules de l'enfant. En colonne cinq, la mère de Thibaut a grandi. Il la regarde sourire, assise à l'arrière de la voiture familiale, la grand-mère au volant. Toutes deux sont prêtes à partir. Il donne à sa mère dans les quatre ans. La photo est un peu floue, mais Thibaut a l'impression de lire un certain contentement sur le visage de sa mère, heureuse du voyage en voiture imminent.

Est-ce la perspective de passer du temps seule avec sa mère qui lui donne un tel sourire ? Nourrissait-elle déjà, si jeune, du ressentiment à l'égard de sa sœur, contrairement à ce que le père de Thibaut lui a dit ? Face au visage apaisé de l'enfant, Thibaut s'en veut de ne pas avoir essayé de rappeler sa mère à la suite de leur dernière conversation. Il décide de prendre en photo le cliché avec son téléphone et le lui envoie. Comme Ida n'apparaît pas, il espère ne pas prendre trop de risques et suppose que le souvenir de ce moment fera plaisir à sa mère. Cela leur permettrait peut-être de renouer le contact.

Il a réussi à ordonner la plupart des photos assez facilement, en suivant la croissance d'Ida d'abord, puis des deux filles. Il a davantage buté sur les clichés où seuls ses grands-parents apparaissent. Là où il est facile d'évaluer l'âge approximatif des filles à leur taille, il distingue avec plus de difficulté les signes de vieillissement sur le visage de ses aïeux. Il doit en laisser certaines de côté. Celle où son grand-père travaille dans la menuiserie, par exemple, ne rejoint aucune colonne.

Il se rappelle l'endroit, au fond du jardin, chez ses grands-parents. Il n'a jamais pu observer l'homme à l'ouvrage, puisqu'il est mort avant sa naissance. Thibaut se souvient en revanche d'avoir été fasciné par les nombreux outils laissés tels quels dans la pièce, son intérêt étant renforcé par l'interdiction qui régnait autour du lieu, jugé trop dangereux pour un enfant.

Il saisit le cliché où l'on aperçoit sa grand-mère pétrir la pâte à kouglof. Attendri, il constate ne pas avoir oublié les précieux conseils transmis dans la cuisine. Pour réussir un kouglof, la pâte doit lever deux fois. Mais il est primordial de ne pas la laisser déborder du moule. Une fois bien bombée, c'était Thibaut que l'on appelait pour donner un grand coup dans le dôme, du plat de la main. La pâte s'effondrait alors, comme aspirée. Un jour, la grand-mère a oublié la préparation déposée près du feu et elle a débordé. On a tout remis dans le plat et fait une troisième levée, mais le gâteau n'a pas eu sa légèreté habituelle.

Thibaut prend un moment pour replacer les clichés dans la boîte en fer, conservant l'ordre chronologique établi avec efforts et plaçant les photos inclassables devant. Il dépose le coffret sur l'étagère en rotin, à côté des albums, et pense qu'il aurait dû préparer un kouglof pour Camille, au moins une fois. Il se dirige ensuite vers le bureau et saisit dans ses bras le plus de chaussures possible afin de les replacer dans le meuble, maintenant encastré sous l'escalier. Il range les paires par couleur, suivant inconsciemment l'ordre établi par le spectre de la lumière blanche, du violet au rouge. Thibaut s'interroge sur la boîte en fer. Ida a-t-elle vraiment voulu l'enterrer derrière le coffrage de l'escalier ? Quelles sont les raisons qui l'ont poussée à cacher ces photos ? Des clichés, Thibaut ne retient que des visages souriants et des souvenirs heureux. Et pourquoi condamner la porte du jardin bon sang ? De quel danger sa tante a-t-elle voulu se protéger ? Ce comportement lui semble dénoter avec la vie professionnelle qu'elle a menée.

— 21 —

Le lendemain matin, la lumière blanchâtre du soleil d'automne filtre à travers le rideau et sort Thibaut du sommeil. Il se réveille avec le sentiment désagréable d'être idiot. À demi endormi, il a passé la nuit à trier en songe les photos de sa tante. À présent tiré de son cauchemar, il a enfin les idées en place. Comment a-t-il pu passer à côté ? C'est pourtant évident ! Il sort du lit et fonce au rez-de-chaussée. Il prend tout de même le temps de préparer le café, mais plutôt que d'observer le va-et-vient apaisant de la fontaine pendant que le breuvage infuse, il porte la carafe jusqu'au salon. Il la dépose sur la table basse, à côté d'une tasse blanche, et se poste devant l'étagère en rotin. Lorsqu'il a tenté d'allumer l'ordinateur d'Ida, il n'a pas pu aller plus loin que l'écran d'accueil, l'accès étant restreint par un mot de passe. L'indice choisi par sa tante pour s'en souvenir, en cas d'oubli, était 1999. Fraîchement arrivé dans la maison, il n'avait pas fait le lien, mais maintenant, il sait où chercher ! Il passe en revue les couvertures des albums photos sur lesquelles l'année correspondante est notée, et repère celui de 1999. Il s'agit d'un gros classeur gris. Il l'ouvre sur ses genoux. D'après les premières pages, cette année-là, sa tante s'est d'abord rendue en Roumanie. C'était, d'après ce que

Thibaut a compris, son second voyage là-bas. Grâce à un autre album daté de 1991, il a constaté qu'elle avait rejoint pendant un temps une association d'aide aux enfants roumains. Deux ans plus tôt, à la mort de Ceauşescu, la communauté internationale avait découvert avec horreur les conditions insalubres dans lesquelles de nombreux petits Roumains survivaient. Sous le régime du dirigeant, l'abandon d'enfants malades, orphelins et en situation de handicap était encouragé par l'État. Des infrastructures non adaptées s'étaient alors emplies d'enfants déclarés irrécupérables, entourés d'un personnel en nombre trop faible et non formé.

Après avoir découvert les photos de 1991, Thibaut avait regardé un reportage sur le sujet où on suivait une bénévole française. La femme avait, sans hésiter, soulevé d'un lit à barreaux un enfant qu'elle avait ensuite bercé dans ses bras. Le commentateur expliquait que malgré son âge, trois ans, le petit avait encore la taille d'un nourrisson. Elle avait pris le garçonnet qui ne savait ni marcher ni parler et l'avait emmené faire un tour. Le journaliste avait ajouté que c'était certainement la première fois qu'il voyait le monde extérieur depuis son arrivée. Face aux regards médusés du personnel, Thibaut avait compris que c'était en effet un acte que l'on n'accomplissait jamais à l'orphelinat. Huit ans plus tard, en 1999, après sa première mission, sa tante avait donc décidé de rendre à nouveau visite à l'association qui œuvrait toujours.

Thibaut feuillette les pages suivantes et voit ensuite Ida poser auprès de casques bleus au Kosovo. Il se remémore les vagues souvenirs qui lui restent du conflit yougoslave. À l'époque, il se politisait à peine. Son lycée avait organisé une collecte de vêtements pour les réfugiés, et sa mère avait insisté pour qu'il apporte un sac plein d'habits que plus personne ne portait. Il se souvient de sa gêne devant ses copains. Il avait tout de même réussi à la dépasser, convaincu au fond de lui qu'il faisait une bonne action.

Thibaut ferme l'album et prend le temps de se servir une tasse avant de se rendre dans le bureau. Installé devant l'ordinateur, il presse le bouton pour l'allumer. Dans le champ de saisie vide, il tape d'abord « Kosovo », puis appuie sur entrée. La fenêtre vibre pendant une seconde et l'ordinateur indique que le mot de passe est erroné. Thibaut essaie alors avec Roumanie. Son cœur s'accélère légèrement lorsque l'écran se met à charger. Victoire ! Le bureau s'affiche.

Sa tante n'était pas du genre à recouvrir son fond d'écran d'une pléthore de documents, il distingue la photo d'un arbre, certainement arrivée là par défaut. Thibaut trouve peu de dossiers à consulter et passe rapidement aux e-mails de sa tante. Il se met à les parcourir. Dans la boîte principale, il ne voit rien d'inhabituel : quelques échanges entre amis pour se donner des nouvelles, plusieurs confirmations de commandes en ligne. Il est déçu. Il ne savait pas à quoi s'attendre exactement, mais espérait que l'ordinateur lui révèle un peu du secret d'Ida. Il termine sa tasse de café et réfléchit. Elle a peut-être créé une autre boîte e-mail. Il clique sur l'icône située en haut à droite et sent l'excitation monter. Il a vu juste ! Il s'empresse d'ouvrir la seconde messagerie. Plusieurs e-mails s'affichent, tous provenant du même destinataire : Érinyes. L'e-mail le plus ancien remonte à l'année où Ida a pris sa retraite. Dans ce courrier, elle fait parvenir un dossier. Il clique sur la pièce jointe et fait défiler des dizaines de captures d'écran. Il s'agit de la copie d'une conversation tenue sur la messagerie d'un réseau social. Il ne lit pas tout de suite les échanges, son esprit est frappé par la nature et le nombre de photos échangées. Pour la plupart, des pénis en érection. Éberlué, il finit par passer rapidement en revue la discussion. L'homme fait également parvenir des vidéos pornographiques et propose à sa correspondante de lui donner des cours d'anatomie. Il lui demande aussi de lui envoyer à son tour des clichés d'elle, nue. L'échange continue sur ce ton pendant des semaines. Sur la dernière capture d'écran, Thibaut voit que les deux amants se sont donné rendez-vous. L'homme demande à la femme d'apporter une boîte de préservatifs. La conversation s'arrête sur ce message.

Thibaut s'adosse au fauteuil et se passe la main devant les yeux. Pourquoi sa tante conservait-elle des échanges à caractère érotique et, surtout, qui est cet Érinyes à qui elle les envoyait ? Encore choqué, il décide de reprendre la conversation du début, en lisant cette fois-ci chaque message avec attention. Au bout de quelques messages, un sentiment de malaise le saisit. Il se met à suer et la nausée le prend. L'échange un peu graveleux entre deux amants sur lequel il a cru tomber au départ s'avère d'une tout autre nature. Celle qu'il avait prise pour une femme n'est qu'une fillette de douze ans, qui repousse les demandes de l'homme de trente-cinq ans, jusqu'à ce qu'elle finisse par accepter de le rencontrer. Écœuré, mais ne pouvant s'arrêter, Thibaut ouvre tous les autres e-mails envoyés par sa tante, et compulse toutes les pièces jointes qu'ils contiennent. Arrivé au dernier message, il est toujours dans l'incompréhension. Qu'a-t-il sous les yeux ? Pourquoi Ida était-elle en possession de plusieurs dizaines de conversations à caractère pédocriminel ? À contrecœur, Thibaut ouvre à nouveau chaque pièce jointe et les analyse attentivement. Il dresse un bilan. Au fil des ans, trois petites filles ont été victimes de cyberprédateurs. Bien qu'ils varient en style d'approche, ils finissent tous par réclamer des clichés de fillettes nues, et parfois insistent pour leur donner rendez-vous.

Incrédule, Thibaut ne sait que faire de sa découverte. Il finit par taper le mot *érinyes* sur le moteur de recherche. Une page Wikipédia apparaît comme premier résultat. Elle lui apprend que les Érinyes sont des divinités grecques. On les connaît surtout sous leur nom romain, les furies. Gaïa, déesse de la Terre, est enragée : Ouranos a caché ses enfants, les Cyclopes et les Hécatonchires aux cent bras, dans le Tartare, afin qu'ils ne voient jamais la lumière. Certains textes rapportent aussi qu'en plus de priver la déesse de ses enfants, Ouranos refuse de la quitter. Ce dernier reste collé à elle, et Gaïa étouffe sous son poids. Afin de le punir et de s'en débarrasser, elle charge son fils, le titan Cronos, d'émasculer son père. Ouranos, saisi de douleur, se retire de Gaïa dans un sursaut, créant ainsi le ciel. De ses organes génitaux jetés à la mer surgit Aphrodite. Des gouttes de son sang tombées sur terre naissent les Érinyes. Représentées au nombre de trois, elles sont envoyées par les dieux pour faire régner la justice et punir les hommes de leurs crimes. Elles poursuivent les pécheurs sans relâche, jusqu'à les rendre fous.

Thibaut continue sa recherche et ouvre d'autres pages web. Il finit par tomber sur un groupe Facebook nommé Érinyes. Il clique sur le lien et se connecte grâce aux identifiants préremplis de sa tante. Ida avait un compte ! Il presse le bouton *OK* et rejoint la page. La rubrique

À propos du groupe lui apprend qu'Érinyes est un collectif de citoyens en lutte contre la pédocriminalité. À l'origine de plusieurs actions d'information et de prévention, un de leurs objectifs consiste également à démasquer les individus dangereux et à constituer un dossier remis ensuite à la justice. Une brève explication est fournie par le collectif, et Thibaut comprend mieux comment leurs actions sont menées. Les membres bénévoles créent un faux profil sur un réseau social où ils se font passer pour un enfant. L'âge de cet avatar doit être clairement énoncé pour que le prédateur ne puisse pas déclarer plus tard qu'il croyait l'enfant majeur. Le collectif ajoute que très rapidement, il est effrayant de constater le nombre d'hommes qui souhaitent discuter avec cet enfant. Le paragraphe se conclut en invitant les intéressés à contacter les membres du groupe s'ils souhaitent rejoindre le combat. Les nouveaux bénévoles devront apprendre à créer un enfant crédible en ligne et alimenter son profil, tout en respectant trois règles fondamentales : les photos utilisées doivent être des clichés des membres eux-mêmes, rajeunis grâce à une application, cela afin de ne pas enfreindre le droit à l'image et de ne pas être accusé d'usurpation d'identité. Le bénévole ne doit inciter son interlocuteur en aucune façon. Enfin, en France, il est interdit de divulguer l'identité du prédateur et de partager les conversations de manière publique, sous peine de condamnation. Lorsque le pédocriminel sollicite des clichés de l'enfant dénudé ou un rendez-vous, les preuves sont réunies sous forme de captures d'écran, un dossier est monté et remis à la justice afin que l'homme soit jugé pour corruption sur mineur par voie numérique selon l'article 227-22-1.

Toujours connecté, Thibaut consulte ensuite le profil du compte de sa tante. Sur sa photo, une petite fille qui ressemble beaucoup à celle de la boîte trouvée sous l'escalier sourit. Son nom est Lola, et sa page lui donne douze ans. Il frissonne en voyant sa tante, rajeunie, poser dans la maison. Anxieux, il ne peut s'empêcher de se retourner, juste pour vérifier que le fantôme de Lola ne se tient pas à ses côtés. La page du faux profil de sa tante est alimentée par des photos du poney et des articles liés à l'équitation. Dans la messagerie, il reconnaît les conversations transmises par sa tante au collectif. Il en parcourt également d'autres, qu'elle n'a certainement pas eu le temps de faire aboutir.

Lorsque Lola reçoit un message, il referme brutalement l'ordinateur.

— 22 —

Thibaut n'a pas souhaité rester seul dans la maison. Il se sent sali, il a besoin d'air et de compagnie. En chemin vers le bar, il est pourtant incapable de ne pas penser à ce qu'il vient de découvrir. Sa tante avait un faux profil de petite fille sur internet pour traquer les pédophiles ! Écœuré, il avait tout de même poursuivi ses recherches pendant un moment, il avait besoin d'explications. Il était tombé sur des témoignages anonymes de certains membres du collectif Érinyes. Leur motivation était claire, il valait mieux recevoir soi-même les photos et vidéos pornographiques, les commentaires salaces et les demandes dangereuses de ces dizaines d'hommes plutôt qu'ils n'arrivent dans la messagerie d'enfants réels. Leur action était parfois critiquée, mais restait pourtant bien légale et venait soutenir les institutions chargées de lutter contre la pédocriminalité. D'ailleurs, ils obtenaient des résultats, ce qui était un peu embarrassant pour ces dernières.

Le sauvetage d'un poney décati n'était donc pas la seule occupation à laquelle Ida avait consacré sa retraite. Thibaut pousse la porte et est momentanément apaisé par l'atmosphère à présent familière du lieu. André lève la tête et, en l'apercevant, actionne immédiatement le percolateur. Thibaut a déjà bu deux tasses, mais ne refuse pas le breuvage, posé d'autorité sur le comptoir.

Il prend sa place habituelle au bar et commence à touiller.

— Alors, tu es content de tes travaux ?

Thibaut se laisse volontiers entraîner dans la conversation, accueillant avec soulagement la distraction. Les images et les échanges épluchés toute la matinée lui sont difficiles à oublier.

— Très ! Merci, André, d'avoir glissé un mot à Guy, ils ont fait vite. J'espère que tu n'étais pas trop attaché à ta plante chaste.

André fronce les sourcils, l'air perdu, puis s'exclame :

— Ah, le *mimosa pudica* ! Le pauvre Guy, il lorgne dessus depuis longtemps ! Mais sa femme en a assez des plantes qu'il rapporte, il en a une véranda pleine, tu sais ? C'est pourquoi, dès que l'occasion se présente, il se fait offrir par des copains celles qu'il convoite et déclare à sa femme qu'il ne peut quand même pas refuser un cadeau !

— Oui, j'ai vu les photos du jardin d'hiver, c'est de la belle ouvrage.

— Pour les travaux, ils ont carburé en tout cas. Tu as rencontré Romain, il est sympa non ?

— Oui…

Thibaut ne souhaite pas s'appesantir sur les qualités de l'artisan au physique vigoureux. Il oriente plutôt la conversation sur la découverte des bricoleurs, la porte dans le mur, à présent réhabilitée. Il ne dit rien sur la boîte de photos trouvée sous l'escalier. Si André en a entendu parler par Guy, l'homme ne le mentionne pas. Sa tasse terminée, Thibaut demande :

— Est-ce que je peux t'emprunter les clefs de la voiture, André ? J'aurais besoin de faire des courses.

— Oui bien sûr, tiens, attrape.

Thibaut se lève et adresse une courte prière à son cœur afin que l'organe résiste aux quantités d'alcool et de caféine qu'il ingurgite. Il fourre le trousseau dans sa poche et remercie le patron. La main sur la poignée, il s'apprête à sortir lorsqu'André lui lance :

— Alors maintenant que les travaux sont terminés, tu vas pouvoir la vendre, la maison ?

Thibaut est surpris autant par la question que par le sérieux d'André et doit prendre un moment pour répondre.

— Eh bien oui, je suppose que oui.

Puis il fait un signe de la main au patron et rejoint le froid automnal. Il se dirige vers la voiture et s'installe au volant. Sur le trajet, Thibaut tourne sa réponse dans sa tête. Oui, il suppose que maintenant, plus rien ne l'empêche de vendre…

Ce jour-là, le temps gris a laissé place à quelques éclaircies. En chemin, Thibaut admire le ciel bleu empli de gros nuages blancs amoncelés. Partout, le soleil les transperce et se disperse en plusieurs rayons. Au détour d'un virage, il est saisi par la couleur des feuilles d'automne illuminées. L'éclat du soleil frappe la pierre blanche des maisons. Leur couleur prend vie, réveille le paysage et communique avec les nuages dans le ciel. Pour la première fois, Thibaut comprend ce qui a amené les peintres impressionnistes dans la région. C'est comme si la lumière, unique, amplifiait le blanc de la pierre du Vexin seulement pour que les autres couleurs se révèlent enfin. Pour que l'intense et le neutre se mêlent, s'équilibrent et soulagent ses peines.

— 23 —

Le lendemain, Thibaut a pris le train. Il arrive en gare et a un choc. Après plusieurs jours dans le village perdu d'Ida, avec seulement quelques arrêts dans la petite ville d'à côté pour se ravitailler, il n'est plus habitué à l'activité urbaine, elle lui semble intense. Pourtant, la ville dans laquelle Ahmed lui a donné rendez-vous est loin d'être la plus grande du département et n'a rien à voir avec Strasbourg, où il a vécu ces dernières années ! Se serait-il fait à la vie campagnarde en si peu de temps ?

Une fois le parvis gagné, il repère le café où la rencontre est prévue, pas loin de la fontaine, comme indiqué dans les instructions reçues. Il se poste devant l'enseigne et envoie un message à Ahmed pour le prévenir de son arrivée.

Il n'en revient pas de la rapidité avec laquelle il a réussi à organiser cette rencontre. Hier encore, il contactait l'association Érinyes via sa page Facebook. Dans son message, il s'est efforcé d'être honnête et concis. Il a précisé être le neveu d'une de leurs activistes (il n'avait pas trouvé de meilleur terme), à présent décédée. Responsable de ses affaires et de sa maison, il était tombé sur ses échanges avec l'association et désirait si possible obtenir plus d'informations sur l'implication d'Ida dans leurs activités.

La réponse est arrivée seulement quelques minutes plus tard. La personne à l'autre bout de la ligne s'est présentée comme le directeur de l'association. Il a été désolé d'apprendre la mort d'Ida, un membre particulièrement précieux dans la lutte. Face aux nombreuses questions de Thibaut, toujours choqué par ce qu'il venait de découvrir, le directeur lui a remis les coordonnées d'Ahmed, habitant également la région. Peut-être accepterait-il de rencontrer Thibaut, une conversation en face à face semblait plus indiquée. Ahmed avait immédiatement accepté et fixé le rendez-vous au jour suivant. Cette rapidité, pense Thibaut, n'est probablement pas sans rapport avec la mort d'Ida, dont les activistes n'ont pas eu vent. Elle a dû susciter l'empathie du directeur et celle d'Ahmed, faisant accélérer les choses. Thibaut se demande également si, ici encore, l'aura puissante d'Ida n'aurait pas laissé sa marque.

Au loin, Thibaut repère une silhouette qui s'avance. Son pas est décidé, presque saccadé. Il y a quelque chose d'urgent, voire d'inquiétant dans sa démarche. Pourtant, la carrure de l'homme n'a a priori rien de menaçant. De petite taille, les jambes légèrement arquées, il est mince. À l'approche du café, il repère Thibaut et lui sourit. Cette personne nerveuse est bien Ahmed. Ils se serrent la main et pénètrent dans l'établissement. Une fois installés et après un rapide coup d'œil au menu, ils passent commande. En attendant leurs boissons, Thibaut songe avec regret au bar d'André. Ici, pas d'atmosphère chaleureuse. Il n'y a qu'à regarder le design des banquettes. Bombées, elles promettent confort et moelleux. Une fois assis, pourtant, c'est une tout autre histoire, elles sont dures et les fesses glissent sur le simili cuir rouge.

— Je suis désolé pour votre tante, Thibaut. Si j'avais su, je serais venu à l'enterrement !

La gêne et la culpabilité d'Ahmed sont palpables. Thibaut s'empresse d'avaler la gorgée qu'il a en bouche pour lui répondre et soulager la conscience de son interlocuteur. Il n'a aucun regret à avoir, la cérémonie s'est de toute façon tenue loin d'ici, en Alsace, en petit comité. Il ne s'étend pas sur le rôle de sa mère dans l'organisation au pas de course de l'enterrement, et s'excuse plutôt du choc qu'il a dû causer en apprenant aux membres de l'association la nouvelle. Ahmed connaissait-il bien Ida ?

— Vu qu'on vit, vivait plutôt, dans la même région, on s'était rencontrés à plusieurs reprises. C'était plus facile de se voir pour organiser les interventions. Dans ces moments-là, on s'arrange pour toujours avoir des gardes du corps, et j'assurais la sécurité de votre tante.

Assis en face d'Ahmed, Thibaut note en effet que la mince silhouette de l'homme cache des muscles saillants. Combiné à son tempérament impétueux, il n'a aucun mal à imaginer Ahmed dans ce rôle. En revanche, il n'a aucune idée du sens de la phrase qu'il vient d'entendre.

— Des interventions ? En quoi ça consiste ?

Ahmed se lance alors dans une longue explication et se met à détailler les activités de l'association. Même s'il répète beaucoup d'informations disponibles sur internet, Thibaut n'ose pas l'interrompre. Ahmed rappelle les principes de base : l'âge de l'enfant factice doit être clairement renseigné sur le profil. La page de l'enfant doit être alimentée régulièrement, avec des photos prises par exemple avec des complices, sur lesquelles on utilise un filtre rajeunissant. Il est absolument interdit d'inciter les pédocriminels (terme que l'association préfère à pédophile) entrant en contact avec les enfants, au contraire, il est conseillé de les freiner et de rappeler son âge. Il est également illégal en France de diffuser des conversations privées et l'identité des interlocuteurs. Ainsi, un dossier comprenant l'ensemble des échanges est monté. Dans le pays, la corruption de mineur par voie numérique est passible de deux ans de prison, ou cinq ans si elle est suivie d'un rendez-vous physique. C'est pour cela que l'association organise des interventions. Quand l'enfant et l'adulte, généralement un homme, finissent par convenir d'un rendez-vous, c'est une personne de l'association qui se déplace.

— Mais comment cela se passe exactement ? Déjà, comment fixez-vous un rendez-vous ?

— C'est plutôt l'homme qui insiste pour voir l'enfant ! Mais je vois ce que vous voulez dire. On prépare le terrain à l'avance. Quand un homme contacte un enfant, on commence à enquêter sur lui, son lieu de résidence, de travail, sa famille, ses amis. On organise ensuite un faux événement auquel l'enfant doit assister, justement dans la ville où il se trouve. Par exemple, votre tante Ida a déjà prétendu que son avatar était invité à une réunion de famille à Bordeaux. Elle a posté une publication à ce sujet sur son profil, et l'homme a immédiatement profité de l'occasion pour demander à la voir.

— Mais alors, vous rencontrez vraiment les hommes ? En personne, je veux dire ?

— Oui, cela arrive. Pas tout le temps, certains ne vont pas jusqu'au bout, restent dans le fantasme, si on peut appeler ça un fantasme ! Ils ne viennent finalement pas.

— Et que faites-vous quand l'homme se pointe ?

— On lui montre le dossier, on lui demande de confirmer qu'il s'agit bien de son profil. On revoit avec lui la date de début d'échange, la date de la première photo…

— Et ensuite, vous l'amenez chez les flics ?

— Ah ! Si seulement on avait ce pouvoir ! Non, on est obligés de le laisser partir. On dépose notre dossier auprès de la police et du procureur de la ville. Mais parfois, on n'est même pas suivis, certains procureurs décident de ne pas instruire, malgré la nature des conversations ! Lorsque c'est possible, on travaille main dans la main avec une association locale, pour que le dossier ne soit pas oublié.

À la fin de son discours, Thibaut reste sans voix. Il a beaucoup de peine à imaginer sa tante participer à ce type d'intervention. Il l'imagine, le dossier sous le bras, aller à la rencontre d'un pervers. Un homme dont les intentions de nuire sont claires et qui ne souhaite pas s'arrêter à des échanges numériques obscènes et abjects !

Les actions menées par l'association Érinyes ne sont que louables, et Thibaut admire et soutient évidemment la cause. Pourtant, il ne peut s'imaginer se lancer dans une telle entreprise. Quel type de personnalité faut-il pour être capable de s'exposer à un tel contenu, pour donner le change et accepter de recevoir, jour après jour, des propositions ignobles et des photos au mieux inappropriées ? Qui ne deviendrait pas fou, n'aurait pas envie de claquer la porte ou de casser la gueule à ces monstres ?

Tout au long du dialogue, la colère latente d'Ahmed était palpable. Thibaut pouvait tout à fait l'imaginer en train de péter les plombs. Pourtant, l'activiste semble mener son combat de manière méthodique, raisonnée, patiente. Thibaut ne sait pas comment aborder le sujet sans être maladroit et blesser Ahmed, il opte pour une question générale.

— Quel est le profil type de la personne rejoignant l'association ?

Ahmed lève les bras.

— On a de tout ! Des gars comme moi, des femmes comme votre tante…

Dans cette dernière phrase, Thibaut sent toute l'admiration de l'homme pour Ida, et une fois de plus, il a un pincement au cœur. Qu'il aurait aimé la connaître ! Quel gâchis !

— Une fois, j'étais en intervention, c'est moi que l'homme venait rencontrer. Et ouais, pas de raison que seules les petites filles plaisent !

Ahmed lance un sourire à la fin de sa phrase, pour en souligner l'ironie. Pourtant, sur son visage passe un air déchirant, une douleur jusqu'à présent cachée derrière la colère qui bouleverse Thibaut.

— Le gars se pointe, je lui balance le dossier. Je ne le loupe pas, j'énonce, date après date, le premier message, la première bite, la première incitation à la masturbation… Au début, le type se faisait passer pour un mentor, un ange gardien, mais il n'a pas gardé très longtemps pour lui ses désirs sexuels. Une fois le dossier déposé, j'ai pas lâché, j'ai suivi la procédure comme j'ai pu, grâce à l'aide d'une association. Au final, le gars a eu sept ans de prison !

— Je croyais que la peine maximale était de cinq ans ?

— Oui, mais là, les flics sont tombés sur une réelle victime, le mec n'en était pas à son coup d'essai…

Après une pause, Ahmed reprend.

— C'est pour ça qu'on est là, pour ces moments. Je peux te dire que ce jour-là, j'étais fier ! Et je m'efforce d'y penser quand on découvre que certains gars sont toujours en liberté, en attente de jugement…

À nouveau, la même douleur sur son visage.

Thibaut et Ahmed discutent encore un peu. Thibaut lui parle de la maison et du poney. Il ne mentionne pas la porte, mais prend plaisir à raconter tout ce qu'il a découvert sur sa tante, ses intérêts, ses passions, ses expériences. Puis, après avoir remercié chaleureusement Ahmed et lui avoir remis l'adresse du cimetière où est enterrée Ida (à l'occasion, Ahmed souhaite y passer), Thibaut se dirige vers la gare et rejoint le quai, une fois son billet composté.

En attendant son train, il revoit en songe la douleur fugace d'Ahmed.

— 24 —

Thibaut pénètre dans la maison, les bras chargés de sacs, et sent immédiatement le froid. Il dépose ses réserves sur la table de la cuisine et se dirige vers le salon, d'où provient l'air glacé de cette fin d'octobre. Il aperçoit la fenêtre ouverte et se souvient de Sigrid l'ayant informé de son passage pour poser un cataplasme sur les canons du poney. Thibaut n'avait pas compris et Sigrid, excédée par son manque de vocabulaire, avait tout de même pris le temps de lui expliquer. Thibaut sait donc à présent que le canon, c'est le nom donné aux tibias des équidés. Il sent remonter en lui la bouffée d'injustice ressentie lors de l'explication. Elle est gonflée tout de même, Sigrid, de lui reprocher sa méconnaissance de l'anatomie des poneys ! Évidemment, sur le coup, il n'a rien osé dire. Le souvenir réveille sa contrariété. Avec un agacement renforcé, il regarde la fenêtre grande ouverte. Ne me dis pas qu'elle est passée à côté de la porte fraîchement posée dans l'entrée sans la remarquer ! pense-t-il rageusement.

Thibaut se dirige vers la fenêtre et compte bien la fermer avec force. Il espère que le bruit fera passer le message, il n'est maintenant plus nécessaire de refroidir toute la maison alors qu'une technologie nouvelle, aussi appelée « porte », est à disposition. Il lève la main pour attraper la poignée, mais s'arrête net. Sigrid n'est pas seule avec le poney. Elle est en grande conversation et il la voit même rire aux éclats. La personne qui produit cet effet, ce miracle, c'est une autre femme. Plus petite, plus fine, plus brune. Le vent balaie sa frange. Camille.

Le bras de Thibaut reste en l'air, paralysé. L'air extérieur lui arrive en plein visage, mais il n'en a cure. Il regarde les deux femmes évoluer autour du poney. Dans une bassine en fer repose une pâte verte. Sigrid la prélève à mains nues. Argile, conclut Thibaut. La soigneuse l'applique en couche épaisse sur les tendons de l'animal. Camille, à ses côtés, tient une bande blanche. Elle la tend à Sigrid une fois l'onguent étalé. Elle déroule la bande pour en recouvrir le canon. Elle part de la partie supérieure, juste en dessous du genou, tourne et descend jusqu'à l'articulation située avant le sabot, le boulet. Ce terme aussi, Thibaut le tient d'une explication fort désagréable. En remontant, Sigrid recouvre la jambe d'une seconde couche de bande, avant de fixer le tout. Thibaut, médusé, observe ses gestes et est pris d'un malaise. Interloqué par sa réaction, il l'attribue à la complicité évidente entre les deux femmes, dont il se sent exclu.

Après avoir observé les femmes appliquer le même traitement aux quatre membres, Thibaut se dit que le poney semble à présent porter des chaussettes. Le soin terminé, elles ramassent leurs affaires. Elles vont bientôt se retourner vers la maison et me voir, pense Thibaut. Il ne peut tout de même pas entamer ses retrouvailles avec Camille en lui donnant l'image d'un voyeur. Il inspire et grimpe l'escabeau. En atterrissant sur les parpaings, le bruit attire l'attention des deux femmes et elles lèvent les yeux vers lui. Camille lui sourit. Pas Sigrid. Il s'efforce d'afficher un air calme sur son visage alors que l'appréhension monte. Il marche et se sent gauche, prie pour ne pas trébucher. Arrivé à hauteur du trio, il les salue, caresse le chanfrein du poney et se tourne vers Sigrid. Intimidé par la présence improbable des deux femmes, il est penaud. Gêné, il a l'impression, infondée, de les avoir trompées toutes les deux, l'une avec l'autre. Surtout, il a été bouleversé d'avoir brièvement croisé le regard de Camille et ne se sent pas prêt à s'adresser directement à elle.

— Vous savez qu'il n'était pas nécessaire de passer par la fenêtre, Sigrid ? Vous n'avez pas pu rater le nouvel accès au jardin en entrant dans la maison !

Thibaut se fustige aussitôt, avec son ton moralisateur, il va passer pour un vieil aigri devant Camille. Il remercierait presque Sigrid d'ignorer une fois de plus sa remarque. Son matériel en main, elle se dirige vers la fenêtre, et Camille lui emboîte le pas. Il n'a d'autre choix que de les suivre, puisque la porte du jardin est restée verrouillée de l'intérieur. Sa remarque n'a eu aucun effet et finalement, il en veut à Sigrid de le faire passer pour un mufle dépourvu d'autorité devant Camille. Mais qu'est-ce qui lui prend ? Ce n'est pas comme si Camille avait un penchant pour les démonstrations virilistes !

L'intervention de Sigrid, même si elle est empreinte de réserve et de froideur, le tire de sa pensée, et il l'accueille avec soulagement. Elle lui dresse un rapport détaillé des soins prodigués au poney, sans même se retourner vers lui. Elle lui confirme la nature de l'onguent appliqué : de l'argile, aux propriétés astringentes. Il va falloir le laisser poser toute la nuit et retirer les bandages le lendemain.

Elle a expliqué à Camille comment faire. Il l'aidera à rincer à l'eau tiède l'argile durcie.

Sigrid donne ses ordres, mais Thibaut est à nouveau pris d'un malaise. Une boule se forme dans sa gorge, comme lorsqu'il mange trop gras. Il repousse la sensation et assure qu'il secondera Camille, même si Sigrid n'attend aucune confirmation. Ils regagnent à tour de rôle le salon et il ferme enfin la fenêtre derrière lui. La soigneuse se rend dans la cuisine pour se rincer les mains et prend congé. Il entend les deux nouvelles amies se dire au revoir à la porte. Dans quelques secondes, il sera seul avec Camille et il sent la panique le prendre. Impuissant, il reste planté devant la cheminée. Les femmes se font la bise et il ressent une légère jalousie face à la facilité avec laquelle Camille a pu embrasser Sigrid. Puis il est confus, ne sachant plus où va son allégeance.

Une fois la maréchale-ferrante partie, Camille le rejoint au salon. Aussi indécise que lui, elle opte finalement pour un baiser sur la joue. Elle lui sourit et s'excuse d'arriver ainsi, sans prévenir. Thibaut, ému de la voir enfin seule devant lui, l'invite à prendre place sur le canapé. Un rapide coup d'œil à la pendule lui indique qu'il ne serait pas anormal de proposer un verre. Camille siffle en découvrant les bouteilles surgir du globe terrestre. Il lui liste tous les alcools présents, en omettant tout de même de mentionner l'armagnac de Sigrid. Mêler dans son esprit les deux femmes lui paraît à présent contre nature.

À la fin, Thibaut lance un regard interrogatif à Camille, mais elle bondit sur ses pieds et quitte la pièce. Pendant un instant, il croit la perdre à nouveau. Vite, elle le rassure et lui crie, depuis l'entrée, avoir dans ses affaires un cadeau tout à fait indiqué. À son retour, elle lui tend un sac en papier cartonné, et Thibaut en saisit la corde dorée. Il en sort une bouteille, emballée dans un joli papier de soie rose. Pendant qu'il déroule l'emballage, Camille lui explique être tombée sur une production de whisky lorrain. Elle n'en avait jamais entendu parler avant, alors que la distillerie connaît un beau succès et exporte même au Japon. De la culture de l'orge jusqu'à la mise en bouteille, en passant par le maltage du grain, la même famille maîtrise chaque étape. Un vrai whisky à la française ! Camille a pensé qu'il serait curieux de le goûter. Ils décident de le tester tout de suite. Une fois leur verre en main, ils hument l'arôme. Le whisky est moins fumé que les versions tourbées, dégustées en Écosse. Plus fruité, il offre des arômes d'orange et de cannelle que les deux Alsaciens ne peuvent qu'apprécier.

Après quelques gorgées, Camille se tourne davantage vers Thibaut. Honnête, courageuse, elle s'attaque directement aux raisons de sa présence et délivre sans ambages les émotions qu'elle a traversées. Thibaut a toujours aimé cela chez elle, sa propension à couper court aux bavardages et à entrer dans le vif du sujet. Il admire aussi sa capacité à se livrer sans honte. Lorsqu'elle a reçu son message, elle a senti une sorte d'apaisement, presque de l'optimisme. La perspective de le retrouver, la dépression en moins. Elle voulait le revoir, mais si elle se trompait ? Si elle avait mal interprété son état et lui donnait de faux espoirs ? À l'inverse, peut-être Thibaut était-il finalement passé à autre chose. Des deux scénarios, elle ne savait lequel lui faisait le plus peur. Épuisée par son hésitation, elle avait décidé que le mieux serait de le rejoindre directement. Elle avait récupéré l'adresse auprès de ses parents et pris le train.

En arrivant devant la maison, elle a sonné, mais comme personne n'est venu ouvrir, elle a actionné la poignée. La porte n'était pas fermée et elle est entrée. Elle a immédiatement senti l'air froid en provenance du salon et a aperçu Sigrid par la fenêtre ouverte. Après avoir noté l'escabeau devant elle, elle l'a rejointe. Les deux femmes se sont présentées, et Sigrid lui a confirmé que Thibaut vivait ici. Elle a précisé pouvoir entrer grâce à une clef remise par Ida pour s'occuper du poney.

Thibaut ne mentionne pas les affres traversées lors de la rédaction du message ni le degré d'alcoolémie qu'il a fallu pour lui donner le courage de l'envoyer. Désireux d'honorer la franchise de Camille, il s'efforce d'être précis dans son récit et insiste plutôt sur le sentiment qui s'empare de lui depuis son installation dans la maison. Plus il apprend à connaître Ida, plus il développe de l'affection, de la tendresse et, tant qu'on y est, de l'amour pour sa tante bannie. Et peut-être même un peu pour lui. C'est cliché, mais il a le sentiment d'être rentré à la maison. Seul bémol, la fréquence de son rêve s'est accélérée. Il se réveille systématiquement toutes les nuits, trempé de sueur.

Il se lance dans le récit de ce qu'il a découvert sur Ida, son métier et ses voyages. Avec fièvre, il lui détaille comment il est tombé sur les activités de sa tante sur internet depuis qu'elle a pris sa retraite. Il lui fait part de la frayeur qui l'a saisi lorsque, devant l'ordinateur, le jeune avatar nommé Lola a été contacté. Il a à présent la certitude qu'il s'agissait d'un pédophile, ou plutôt d'un pédocriminel en puissance, ou récidiviste. Thibaut parle de sa rencontre avec Ahmed, de la détermination de l'homme. Il tente de transmettre la résilience de l'activiste, cachée sous une couche de nervosité et d'urgence. Il raconte à Camille comment la bataille contre la pédocriminalité se joue sur internet, comment aux consommateurs de porno illégal et d'immondes *snuffs*, type de films où le viol se termine par la mort, on oppose des méthodes de *deepfake*. Les policiers, dont l'apparence est remplacée par celle d'un enfant grâce à l'intelligence artificielle, attirent et récoltent les données sur les consommateurs de contenu pédopornographique.

Puis il revient sur Ida, et sa voix, durcie lors de sa précédente tirade, s'apaise. Au village, sa tante est perçue de façon bien éloignée du portrait tiré par sa mère. Les habitants l'estiment et la regrettent. Thibaut aborde évidemment le sujet de toutes ses obsessions. Il décrit à Camille comment, à son arrivée, il a été surpris, perturbé de ne pas trouver de porte menant vers le jardin. Il récapitule son raisonnement et détaille sa rencontre avec le notaire, sa demande pour récupérer les plans, et l'intervention de Guy, un artisan et ami d'André, le patron de bar. Il n'oublie pas de mentionner le jardin d'hiver et la plante modeste. Enfin, il relate la découverte de l'arche et la pose de la porte.

Il finit par lui décrire comment Guy s'est retrouvé coincé sous l'escalier, et la mise au jour de la boîte en fer qui s'ensuivit.

Le reste de la soirée, ils regardent les photos qu'elle contient. Ils se les passent et repassent jusqu'à la mort du feu dans la cheminée. À la fin, ils sont obligés de conclure que si elles renferment un secret, il leur est inaccessible. La frustration de Thibaut face à ce nouvel échec pour comprendre le comportement irrationnel de sa tante grimpe. Pourquoi diable a-t-elle fait enterrer cette foutue boîte derrière l'escalier ? Quel est le rapport avec la porte condamnée, pire, éliminée ? Vite, son esprit échauffé se calme et se vide. Camille se rapproche de lui et lui attrape les mains. Elle l'embrasse. Ils gagnent la chambre d'Ida, où il fait de son mieux pour cacher son ventre, gonflé depuis la dernière fois qu'elle l'a vu.

Le matin suivant, Camille n'est pas gênée par son réveil en sursaut. Elle dort toujours à ses côtés alors qu'il reprend ses esprits. Il n'a, encore une fois, pas été capable de tourner la poignée de son rêve. Il attrape son portable. 6 heures. Il ne s'endormira plus. Éreinté, il s'extirpe doucement du lit afin de ne pas déranger Camille et enfile pantalon et tee-shirt. Après leurs retrouvailles, il s'était imaginé passer une merveilleuse nuit de sommeil. Il a retrouvé le corps de Camille, dont il n'a rien oublié. Elle, au contraire, lui a avoué avoir eu l'impression de faire l'amour à un inconnu. Pas désagréable du tout, mais troublant. Il glisse son téléphone dans sa poche et remarque un message, envoyé par sa mère. Il se dirige vers la cuisine et prépare le café.

Devant une tasse, il se rejoue les épisodes de la veille et est à nouveau repris d'un malaise. Le même malaise ressenti hier lorsqu'il observait les deux femmes dans le jardin. La même boule dans la gorge quand il les a suivies dans le salon. Thibaut revoit Sigrid bander le poney. Il se remémore les gestes avec lesquels elle a enroulé les membres du shetland. Sigrid aimait visiblement partager son savoir avec Camille et elle lui avait rapporté qu'il fallait tenir la bande d'une certaine façon avant de démarrer. Elle devait être suffisamment serrée pour tenir, mais assez lâche pour ne pas couper la circulation.

Soudain, Thibaut se lève et se précipite au salon. Fébrile, il saisit la boîte et fait sauter le loquet d'une main tremblante. Il attrape la pile de photos remises la veille dans leur écrin, après leur quête infructueuse, et les fait défiler à toute vitesse devant ses yeux. Cette bande… Il est passé à côté de quelque chose. Là ! Il s'arrête. Il pose la pile sur la table et ne garde qu'un seul cliché en main. Sa tante pose devant son gâteau d'anniversaire, entourée de la famille. Les bougies indiquent quinze ans. C'est le plein été. Sa blouse à manches longues contraste avec les tenues légères des invités.

Les manches sont longues, mais pas suffisamment pour cacher les bandages qui entourent les poignets de sa tante.

— 25 —

« Mon fils, je te remercie pour cette photo ! Maman m'emmenait chez l'orthophoniste toutes les semaines en voiture. Papa était content, car il avait le champ libre pour travailler à la menuiserie. J'espère que les retrouvailles avec Camille se sont bien passées. Rentre vite. Je t'embrasse. »

Thibaut a enfin pris connaissance du message laissé par sa mère. Il l'avait complètement oublié, mais l'a ouvert en vérifiant l'heure sur son téléphone. 7 heures. Il entend Camille remuer à l'étage. Son ventre se contracte, il a hâte de la voir le rejoindre en bas. Il n'en revient toujours pas, elle était revenue. Combien de cafés a-t-il bus, seul devant la fenêtre de la cuisine ? Elle entre dans la pièce, décoiffée et encore un peu endormie. Elle lui sourit. Elle l'embrasse et saisit une tasse, puis s'installe en face de lui, comme ils avaient l'habitude de faire à Strasbourg. Comme si rien n'avait changé. Il lui sert un café et l'observe boire plusieurs gorgées.

— Je n'arrivais plus à dormir ce matin et je suis descendu pour ne pas te réveiller.

— Toujours le cauchemar, pas vrai ?

Elle jette un regard étonné vers la main qu'il a posée sur la table.

Il fait alors glisser la photo, conservée avec lui, et l'oriente vers elle. Camille pose sa tasse et regarde avec attention le cliché qu'elle connaît déjà. Elle lève à nouveau les yeux vers Thibaut, interrogatrice.

— Hier, il y a un truc qui m'a troublé, une sorte d'inquiétude. Quelque chose qui n'avait rien à voir avec ton apparition, au contraire. Je n'avais pas encore eu le temps de m'y pencher suffisamment pour en identifier la cause, disons que j'ai été distrait.

Camille lui lance un sourire en coin, qu'il arrive à lui rendre malgré son émotion.

— Ce matin, le sentiment de malaise est revenu. C'était différent de l'angoisse après avoir rêvé. J'étais en train de me repasser le fil de la journée et je me suis souvenu : ça m'a pris lorsque vous avez appliqué le bandage au poney. Et puis sans trop comprendre pourquoi, il a fallu que je cherche dans la boîte de photos.

Thibaut s'arrête, déglutit.

— J'ai fini par trouver. Regarde les poignets d'Ida.

Camille se penche sur le cliché, puis fronce les sourcils.

— Je ne suis pas sûre de ce que je vois, Thibaut. Je dirais que ça ressemble à des pansements ?

— C'est ce que je pense aussi. Tu vois comme elle a essayé de les couvrir sous sa blouse à manches longues alors que tout le monde autour d'elle porte une tenue légère ?

Camille repose la photo sur la table et s'adosse contre la chaise. D'un air sérieux qui devait être celui de l'ergothérapeute avec ses patients, elle lui demande :

— Qu'est-ce que tu fais de ça, Thibaut ?

Il tend la main pour récupérer la photo, Camille la fait glisser vers lui et lui effleure la paume. D'un doigt, il trace le contour de la silhouette d'Ida et répond :

— Je pense que ma tante, décrite ici par tout le monde comme charmante et pleine de vie, a pourtant un jour tenté de se suicider, juste avant ses quinze ans.

Pour la première fois, Thibaut exprime son hypothèse à haute voix. Une vague de douleur s'abat sur lui et lui coupe le souffle. Camille s'en aperçoit et le rejoint. Elle le prend dans ses bras puis s'assoit sur ses genoux. Il la saisit par la taille et passe sa main dans ses cheveux coupés au carré. Le corps familier de Camille le calme et il retrouve un peu ses esprits. D'une voix plus sûre, il reprend :

— De la jeunesse d'Ida, on ne sait pas grand-chose, à part les photos de la boîte en fer. A priori, elles ne montrent qu'une enfance normale. Mais on peut supposer maintenant qu'un événement l'a poussée à tenter de se suicider. Quelque chose qu'elle aurait subi étant jeune et qu'elle a tâché de sublimer à travers une carrière dans l'humanitaire par exemple. Puis encore une fois, à la retraite, en chassant les pédocriminels et en sauvant un vieux poney. Événement qu'elle a voulu enterrer dans sa dernière habitation. Événement à cause duquel elle ne se sentait pas en sécurité dans sa propre maison.

Pendant la tirade de Thibaut, Camille s'est levée pour leur resservir du café. Elle attrape ensuite sa tasse et se poste devant la fenêtre de la cuisine, comme Thibaut en a l'habitude. Il la voit observer la fontaine, concentrée. Malgré la gravité du moment, il esquisse un sourire. Elle prend une gorgée et se retourne :

— Admettons que la photo prouve ton hypothèse, ta tante a voulu attenter à ses jours. Admettons qu'elle fut si marquée par un épisode inconnu que, des années plus tard, elle décide de murer, de façon irrationnelle, la seule porte menant vers le jardin. Pourquoi cacher les photos derrière le coffrage de l'escalier ? Pourquoi ne pas les détruire ?

Thibaut écarte les mains, impuissant. Plus il déterre les indices laissés par sa tante, plus il se sent loin de la saisir. Il est perdu. Camille a raison. Si le souvenir traumatisant de sa tante est, d'une quelconque façon, engrammé sur ses photos, pourquoi les conserver ? Pourquoi ne pas tout simplement les brûler ? Ils passent le reste du petit déjeuner à manger des biscuits à la figue et à échafauder des hypothèses, sans arriver à une conclusion satisfaisante. Frustrés, ils décident de s'activer, l'effort les aidera peut-être à affiner leur pensée. Et puis Sigrid est bien capable de débarquer sans prévenir pour vérifier qu'ils s'acquittent bien de leurs tâches. Camille monte s'habiller puis enfile les bottes en caoutchouc rouge d'Ida dénichées par Thibaut. Bien couverts, ils se munissent d'une éponge propre, d'une serviette de couleur foncée et d'un récipient rempli d'eau tiède. Chargé de la bassine, Thibaut hèle Camille, déjà dans le salon. Inutile d'ouvrir la fenêtre, ils peuvent maintenant utiliser la porte pour passer au jardin.

Le poney, toujours en chaussettes, broute calmement près du catalpa. Ils le rejoignent et Thibaut pose la bassine au sol. Camille lui fait remarquer la glycine enroulée dans l'arbre. L'effet doit être magnifique au printemps. Le nez en l'air, Thibaut sort une pomme de sa poche et distingue pour la première fois les feuilles étonnamment lumineuses de la fine liane qui habillent les branches presque nues de l'arbre. Il croyait que les glycines ne poussaient que sur les murs, mais se garde d'en faire la remarque. Il tend la pomme au poney. Le fruit est aussitôt croqué et Thibaut veut voir dans son regard un air reconnaissant. Il lui administre alors une petite caresse, comme pour dire que ce n'est rien.

Camille est déjà agenouillée près de l'antérieur droit. Elle défait délicatement le bandage. L'onguent à base d'argile a séché par endroits et elle ne souhaite pas arracher les poils du poney en tirant trop fort. Lorsqu'elle passe à l'antérieur gauche, Thibaut saisit l'éponge, la trempe dans la bassine pour l'imbiber. Doucement, il élimine les restes de produit, jusqu'à ce que les canons luisent. Il attrape ensuite la serviette et frotte plus vigoureusement pour que le poney ne reste pas mouillé.

Pendant toute l'opération, le shetland mâche sa pomme, puis renifle les poches de Thibaut à la recherche d'un second fruit. Une fois les quatre membres propres et secs, les apprentis soigneurs se relèvent et admirent leur travail. Ils s'étirent et, malgré le dos endolori d'être resté courbé, Thibaut s'empare de la bassine afin de la vider. Il souhaite épargner Camille, occupée à effectuer des torsions du bassin, mais surtout, il espère qu'elle notera son geste galant.

Il s'apprête à verser l'eau directement au sol lorsque Camille l'arrête. Elle lui conseille de plutôt répandre le contenu au pied du tilleul. Les propriétés cicatrisantes de l'argile verte sont également efficaces sur les plantes. Normalement, on l'utilise pour badigeonner les plaies de taille, mais qui sait, le tilleul pourrait malgré tout bénéficier des oligo-éléments contenus dans l'eau à présent colorée.

Thibaut n'a aucune idée de l'arbre dont parle Camille. La première fois qu'il a vu le jardin, il a reconnu le catalpa à ses feuilles caractéristiques et aurait été vexé de voir ses faibles connaissances botaniques se révéler fausses. Fort heureusement, sa compagne ne prête pas attention au catalpa et pointe son doigt vers l'arbrisseau situé dans un coin.

— Ça, c'est un tilleul, Camille ? Je n'y connais pas grand-chose, mais dans mon souvenir, un tilleul ressemble plutôt à un arbre !

— Il fut un temps où il devait avoir l'air d'un arbre en effet ! Puis quelqu'un l'a coupé. Mais même lorsqu'il ne reste qu'une souche, certaines espèces peuvent s'épanouir à nouveau. Regarde tous les rejets que celui-ci a faits ! Avec un peu de chance, cet été, ou un jour, il donnera des fleurs.

— Je pensais que lorsque tu coupais le tronc, il n'y avait plus d'espoir.

— Ça dépend du type d'arbre. On peut dire que « le rejet célèbre la vie[1] ».

Une fois le tilleul revenu d'entre les morts arrosé, Camille et Thibaut se rejoignent. Ils ne sont pas plus avancés sur le mystère d'Ida, mais se gorgent du contentement qui saisit celui dont le travail est accompli. L'estomac déjà vide et malgré l'heure encore matinale, ils rentrent préparer le déjeuner. Camille, intriguée par les pots anciens posés au-dessus de l'évier, en soulève les couvercles et identifie aussitôt la chicorée. Ils pourraient en mettre dans la panna cotta, c'est excellent. Thibaut opine, l'idée est brillante. Il ne trouve pas nécessaire de préciser qu'il n'a aucune idée du goût de la poudre.

Camille se lance dans la confection de sandwichs pendant qu'il chauffe la crème. Du ton de celui qui maîtrise la situation, du moins l'espère-t-il, il lui demande combien elle, elle mettrait de chicorée dans la préparation.

1. *Les Douze sagesses des arbres*, Vincent Karche, Leduc, 2019.

Une fois le sucre et la feuille de gélatine ramollie ajoutés, il verse donc, selon l'avis de Camille, deux cuillers à soupe de poudre de chicorée et remue le tout. Il répartit la préparation et dépose les ramequins au frais. À table, ils croquent dans le pain et se sourient en mâchant. Non seulement ils sont requinqués, mais en plus, Sigrid sera fière d'eux.

— 26 —

— Hello maman, c'est moi.

— Mon fils ! Tout va bien ? Il faut venir te chercher ?

— Non, écoute, ne t'inquiète pas. Camille est avec moi, tu sais.

— Oh, Thibaut ! Je suis si contente pour vous ! Lorsqu'elle m'a appelée pour avoir l'adresse, je lui ai dit : « S'il y a bien une personne qui peut le ramener à la raison, c'est toi ! »

— Je t'appelle à propos de ça. Écoute, je sais que le sujet est sensible et vraiment, je ne veux pas te blesser. J'ai pris conscience que ces derniers mois, je n'ai pas été des plus faciles à vivre, j'aurais dû faire plus d'efforts, vous rendre visite plus souvent. Tu te souviens quand mamie nous faisait un kouglof ? Bref, ce que je voudrais te dire, et ne le prends pas mal s'il te plaît, c'est que j'ai l'impression que mon séjour chez Ida m'a, contre toute attente, rapproché de vous. Trier les photos de votre enfance, ça m'a ramené à la maison.

Sa mère, étonnamment silencieuse, ne réagit que par vagues onomatopées. Thibaut n'en est pas certain, mais il croit l'entendre également renifler. Il profite de son rare mutisme pour continuer :

— Avec Camille, on a beaucoup discuté. Elle m'aime encore ! On aimerait se donner un nouveau départ comme on dit. Elle installerait son cabinet et moi, je pourrais trouver du travail. On a l'impression d'être au milieu de rien ici, mais ce n'est pas si loin de Paris !

— Ici ?

Sa mère a donc fini par retrouver sa voix, certes un peu étranglée.

— Oui… C'est ce dont je voulais te parler. Si papa et toi vous êtes d'accord, on aimerait garder la maison. On vous la payerait une fois notre situation professionnelle stabilisée évidemment. Tu sais, on y est bien, surtout maintenant qu'il y a une porte pour accéder au jardin ! Et puis comme ça, on pourrait continuer à prendre soin du poney.

Thibaut ne s'est pas préparé au long silence que sa mère laisse s'installer et il aurait certainement raccroché, pétri d'angoisse, si Camille n'avait pas été à ses côtés pour l'encourager. Sa mère finit par prendre la parole et, pendant une seconde, Thibaut n'est pas certain d'en être soulagé.

— Oh, Thibaut ! Du moment que Camille et toi êtes heureux… Oui, je suppose que l'on pourrait vous laisser la maison d'Ida.

— 27 —

— Mademoiselle, ravi de vous rencontrer ! Ici, on commençait à désespérer de faire votre connaissance.

André adresse un regard appuyé à Thibaut, mais celui-ci fait mine de l'ignorer. Au bar, il avait laissé entendre ne pas être entièrement célibataire, alors que Camille et lui étaient toujours séparés, et il n'a aucune envie d'expliquer à Camille pourquoi André n'est pas plus étonné de voir son ex débarquer dans sa vie.

Quelques heures plus tôt, au cours du déjeuner, Camille et Thibaut ont reparlé d'Ida, sans grande conviction, doutant de pouvoir un jour déflorer le secret de la tante. Ils ont également discuté d'avenir et décidé de se rendre chez le notaire pour remettre les plans, décision qui les amène devant André pour récupérer les clefs du Renault Express. Thibaut appréhendait la rencontre entre les deux. En partie par peur de ce que le patron pourrait dire, mais principalement car il souhaite que Camille lui plaise. Depuis quand l'avis d'André compte-t-il autant ? Comme prévu, dès leur arrivée, le patron a tapé fort. Thibaut cherche un sujet pour détourner la conversation, mais est devancé par Camille, dont le nez est levé vers la télévision.

— Vous regardez des émissions de jardinage ?

— Chère Camille, ne vous méprenez pas, comme votre Thibaut a pu le faire. Vous ne vous trouvez pas simplement devant un patron de café, mais aussi devant un jardinier passionné !

— Oui, Thibaut a mentionné le pot-de-vin que vous avez offert à un artisan afin qu'il s'occupe de son cas rapidement. Un mimosa pudibond, m'a-t-il dit. Je n'avais jamais entendu parler de cette plante.

— Un *mimosa pudica* ! Heureusement qu'Ida t'a laissé un poney dans un champ désolé, Thibaut, et pas un jardin à entretenir !

— J'ai quand même nettoyé la fontaine !

André lui jette un regard désolé et Camille reprend.

— Vous allez avoir du travail ce soir, non ? Pour la pleine lune.

— Une lune bleue qui plus est !

— Une lune bleue ?

— Une lune bleue, c'est rare !

— D'accord. Mais c'est quoi ?

— C'est lorsqu'une seconde pleine lune arrive dans un même mois. Comme le cycle de la lune est de vingt-huit jours, je te laisse deviner à quel point ça se produit peu souvent !

— OK, et la couleur de la lune, ça a une importance pour le royaume des plantes ?

— Non, je ne pense pas, pour elles, c'est juste une pleine lune. Pour le monde ésotérique, en revanche…

— Et ce soir, c'est le 31 octobre en plus, ça promet.

— Ah, ça, loup-garou ou pas, je suis sûr que ça n'empêchera pas André de planter et repiquer !

— De semer et de greffer plutôt, mon petit. Quand la lune est ascendante, on sème et on greffe.

— En tout cas, je comprends mieux l'expression anglaise !

— Laquelle ?

— *It happens once in a blue moon*, pour désigner quelque chose de très rare.

L'air presque solennel, André opine du chef.

— De bons jardiniers, ces Anglais, ils ont appris à tirer le meilleur parti de leur météo.

Thibaut écoute d'une oreille Camille et André échanger avec les autres hommes présents. Selon l'interlocuteur, une lune bleue le jour d'Halloween, c'était symbole d'un changement profond dans les énergies cosmiques, ou ça tenait de la grosse rigolade. Le plus important résidait dans le fait que les deux accrochaient visiblement bien. Thibaut s'en trouva soulagé. Heureux même ? Il n'avait pas non plus anticipé à quel point il était fondamental que ces deux-là s'entendent.

Ils prennent congé, et André promet à Camille un bocal de haricots la prochaine fois qu'elle passera. En chemin vers l'étude du notaire, Thibaut lui fait remarquer comme les rayons du soleil, bien que timides, réveillent les façades des maisons blanches. Il lui pointe le ciel, pour qu'elle admire la mer de nuages moutonneuse, transpercée par le trident d'un Poséidon de l'air. Ils contemplent la campagne, en silence, jusqu'à ce que Camille le rompe.

— C'est marrant cette histoire de lune bleue. On en écrit des pages, on en fait des interprétations, on la décrit comme un événement majeur, chez les fondus d'astrologie. Mais j'ai lu qu'il ne fallait pas compter en mois calendaire, mais en mois solaire. Cela voudrait dire que la pleine lune de ce soir n'est pas plus bleue qu'une autre.

— Le soleil a des mois aussi ?

— Oui, un mois solaire correspond au temps que met le soleil pour parcourir trente degrés sur l'écliptique, c'est-à-dire sur la course que l'astre suit sur la voûte céleste. Plus simplement, on peut aussi dire que c'est un douzième d'année, contrairement à un mois calendaire qui a une durée variable.

Thibaut regarde Camille avec admiration. Elle, elle aurait tout de suite su que les canons désignaient les tibias d'un poney.

— C'est étonnant quand même comme on peut être certain de quelque chose, alors qu'en fait, il existe une explication complètement différente.

— À quoi penses-tu, Camille ?

— Quoi qu'Ida ait subi, on est partis du principe qu'elle voulait l'oublier. Selon nous, elle aurait même dû se débarrasser de la boîte de photos. Alors qu'en fait, elle avait peut-être envie que quelqu'un la trouve.

— 28 —

Cette fois-ci, Thibaut a pensé à appeler le cabinet à l'avance pour s'assurer de la disponibilité de maître Guérin. Après avoir poussé la porte, Camille et Thibaut sont donc accueillis par une clerc de notaire mieux disposée. Isabelle les prie de patienter un instant, le temps de prévenir son patron de leur arrivée.

Camille, briefée par Thibaut dans la voiture, lui lance un regard étonné. L'accueil, certes un peu formel, s'avère cordial et certainement pas aussi glaçant que le tableau peint par Thibaut. Il n'a pas le temps de se défendre. Soudain, ils sursautent au bruit de la porte ouverte contre le mur et sont assaillis par un notaire encore plus enthousiaste que la dernière fois, s'il en est possible. Tel un chiot, l'homme sautille joyeusement autour du couple. Il finit par leur lâcher la main, les invite à le suivre dans son cabinet, leur assure, au cas où un doute persisterait, être ravi de leur visite. Comme à la première venue de Thibaut, le notaire passe derrière son bureau et désigne au couple les fauteuils réservés aux clients. À peine assise, Camille se retourne vers Thibaut et lui lance un regard effaré. Mais Thibaut connaît le truc à présent. Il lui murmure d'attendre et lui pointe discrètement le bureau. La disparition subite du notaire, qui a surpris Camille, est vite résolue lorsqu'il surgit, le regard triomphant et une bouteille de guignolet en main. Thibaut note le niveau de la bouteille et conclut que celle partagée ensemble est de longue date terminée. Il a un élan de sympathie pour l'homme et aussitôt une pensée coupable pour la réserve d'Ida. Cette fois-ci, trois petits verres sont alignés sur le sous-main. Le notaire les remplit et s'arrête juste au niveau du liseré doré. Il justifie le précoce apéritif en remerciant Thibaut de lui amener une si charmante compagnie. Ils ponctuent le toast du notaire par une gorgée. Puis l'homme s'installe et écoute. Thibaut remercie maître Guérin de les recevoir si promptement. Ils désirent lui remettre les plans de la maison qui ont été d'une grande aide. Ils ont en effet permis de localiser l'ancienne porte, depuis réhabilitée. Si cela avait été possible, le visage du notaire aurait pris un air encore plus satisfait. Il est comblé d'avoir pu aider le neveu d'Ida. Après une seconde gorgée, qui laisse le minuscule verre vide, il ajoute :

— Les travaux désormais achevés, je suppose que vous souhaitez vendre la maison. Évidemment, le cabinet serait enchanté de vous accompagner dans vos démarches !

Thibaut se tourne vers Camille et ils échangent un bref sourire. Ils lui font à nouveau face et déclarent souhaiter s'installer dans la maison. Les verres sont remplis plusieurs fois, les mains serrées, les joues embrassées. Dans la voiture, Thibaut ouvre la fenêtre et demande à Camille d'en faire autant. L'air froid ne sera pas de trop pour leur assurer un trajet à peu près sûr vers la maison. Les verres du notaire étaient petits, mais avaient la fâcheuse tendance à se remplir tout seuls.

— 29 —

— Mais on sert forcément du thé ?

Sous l'impulsion de Camille, ils organisent une fête pour célébrer leur installation. Thibaut n'a rien eu contre l'idée de trinquer avec André, Guy et Sigrid, et il les avait tout de suite invités. La femme de Guy avait décliné, c'était sa soirée club de lecture. Emporté par son enthousiasme, Thibaut avait alors prié l'artisan de venir avec Romain, si ce dernier était disponible. Occupé à répartir les coussins sur les différents fauteuils du salon, il rumine à présent cet élan de générosité.

— Le thé n'est pas obligatoire, non, tu peux boire du café aussi. Les boissons chaudes sont à privilégier. Écoute, je ne vois pas pourquoi tu boudes, ce sera l'occasion parfaite pour t'enfiler des litres de ton si précieux nectar !

Thibaut écoute la réponse de Camille et n'est toujours pas convaincu par l'idée. Elle a décidé d'organiser une fête *hygge*. Autrement dit, selon un concept venu du Danemark, difficilement traduisible, notamment en français. *Hygge* est une façon de vivre, à la fois cause et conséquence du bonheur danois. Selon les lectures de Camille, plusieurs facteurs sont nécessaires pour obtenir une atmosphère digne du concept. Le bien-être étant inextricablement lié aux relations sociales, il s'agit d'abord de réunir des amis autour d'un dîner. Puis on crée une atmosphère cosy, d'où le grand feu lancé dans la cheminée et la répartition stratégique de coussins, plaids et matières moelleuses propices à la création d'une pièce confortable. La lumière joue également un grand rôle dans cet état de grâce nordique. Sous les recommandations de Camille, Thibaut a donc tamisé les lampes et disposé des bougies çà et là. Plus la longueur d'onde de la lumière est proche de celle d'un coucher de soleil, plus on est *hygge*. Heureusement, il connaît à présent le contenu de chaque tiroir de la maison d'Ida et déniche rapidement plusieurs cierges en cire d'abeille. Fier de sa trouvaille, il est déçu par la réaction de Camille qui fronce les sourcils avant de hausser les épaules.

— J'espère vraiment qu'il n'y aura pas de *vegan*.

Thibaut passe rapidement en revue la liste des invités. À part Romain, qu'il imagine très bien dévorer virilement un steak à chaque repas, elle est constituée d'une inconditionnelle de chevaux et de deux passionnés de plantes. Subitement, il partage les craintes de Camille et prie pour que personne ne s'offusque des bougies en cire d'abeille…

— *Hygge* n'est pas *vegan* du tout en plus ! Tu connais le menu parfait pour un dîner ? Un ragoût de viande, mijoté pendant des heures, et un bon gros gâteau plein de crème ! On n'a rien préparé d'autre, tant pis…

Thibaut marmonne n'avoir rien contre la cuisine danoise, mais soutient que c'est une hérésie d'accompagner le tout de thé, café ou chocolat chaud.

— Tu es sûre qu'une bonne bouteille de vin ne sublimerait pas le tout ?

Mais Camille ne répond pas, elle a regagné la cuisine où elle vérifie la cuisson des roulés à la cannelle préparés par Thibaut. La prochaine fois, il lui fera un kouglof et du vin chaud.

Le feu a bien pris et les bougies émettent une douce lumière lorsque Camille le rejoint au salon. Elle lui tend une petite bouteille d'huile essentielle et lui demande d'en verser dans le diffuseur à eau.

— Tu en déposes deux gouttes et tu lances la machine. Dix minutes de diffusion suffisent.

— D'accord ! Mais attends, ça sert à quoi en fait ton truc ?

— C'est de l'huile essentielle de myrrhe. Elle désinfecte l'air, mais surtout, elle permet d'apaiser les esprits avant les événements mondains. Elle est très indiquée pour les réunions de famille.

— Il faudra que l'on pense à apporter le flacon chez mes parents à Noël alors. Maman a appelé, elle veut déjà savoir notre jour d'arrivée.

Camille disparaît à nouveau.

Thibaut trouve un côté cireux à l'huile et essuie bien le flacon avant de le reboucher.

— Mais attends, pourquoi tu veux diffuser de la myrrhe ce soir ? Je ne suis pas du tout tendu, je te signale !

La voix de Tanita Tikaram emplit la maison lorsque le premier invité arrive. Thibaut ouvre à Sigrid et lui propose de s'installer au salon. Évidemment, elle l'ignore et se rend à la cuisine pour rejoindre Camille, occupée à touiller quelque chose dans une cocotte en fonte en forme de chou. Il n'a pas le temps de s'offusquer de l'attitude de son ancienne déesse, car il repère André et Guy dans la rue. D'un air conspirateur, le premier remet au second un pot de fleurs, rapidement dissimulé dans le coffre de la camionnette de l'artisan. Demain, la femme de Guy sera fâchée. Pendant la manœuvre, Romain s'est extirpé de la voiture et s'approche. Thibaut maudit à nouveau son élan de mansuétude. Une fois la tenue de travail tombée, l'homme est encore plus attirant. Il ne voit pas comment il va pouvoir le cacher à Camille. Les deux jardiniers pénètrent dans la maison, et les bras de Thibaut se retrouvent chargés d'une haute plante.

— Tiens mon petit, un rosier noir, c'est la bonne période pour le planter ! Ta tante a toujours refusé mes conseils en ce qui concerne le jardin, il serait temps d'en faire quelque chose !

— Merci André ! Tu n'as pas peur que le poney l'abîme ?

— Ce poney ne vit que pour sa gamelle et les pommes ! À mon avis, il laissera les boutons de rose tranquilles.

C'est Sigrid qui énonce cette dernière phrase. Camille aussi est sortie de la cuisine pour les inviter à s'installer au salon. Chacun félicite le couple pour l'atmosphère chaleureuse de la pièce, et Camille explique le concept de *hygge*.

— En conclusion, les Danois sont un peu les experts du bonheur. Ils ont même un institut de recherche qui l'étudie !

— Ils ont aussi un très fort taux de suicide, ils feraient mieux de redoubler d'efforts !

— Pardonnez le cynisme de Thibaut, il n'est plus très emballé par le *hygge* danois depuis que je lui ai fait croire que la soirée serait sans alcool. Traditionnellement, on consomme des boissons chaudes. Vin chaud, ça vous va ?

Un verre fumant à la main, Thibaut saisit Camille par la taille et remercie tout le monde de sa présence. Il annonce ensuite aux invités leur décision de garder la maison. Chacun trinque à la nouvelle. Le visage d'André se teinte d'un mélange d'approbation et de contentement, comme s'il se félicitait lui-même du travail accompli. Thibaut est ensuite déstabilisé par l'embrassade chaleureuse offerte par Sigrid. Romain et Guy font savoir à qui veut l'entendre que leur admiration pour Camille est à présent éternelle. Pour s'installer avec Thibaut, il en faut du courage !

La première tournée est vite terminée, et le couple se rend à la cuisine pour remplir une nouvelle carafe.

— Soulagé de ne pas boire de thé ?

— Oh oui ! Je n'ai rien contre une soirée auprès du feu, une tasse à la main, mais entre amis, je ne sais pas…

— Ça ne te paraît pas assez français ?

— Exactement ! Garantir une bonne ambiance en évitant les sujets controversés, c'est admirable, mais je trouve que c'est justement passer à côté du principe de la convivialité.

— S'étriper sur un sujet et s'accorder la minute suivante sur la supériorité du fromage au lait cru par rapport au pasteurisé, c'est ça ?

— Tout à fait ! Quoique je ne classerais pas le fromage dans la catégorie des sujets fédérateurs. D'ailleurs, tu as entendu parler de cet éleveur qui arrive à faire produire du lait à ses brebis sans qu'elles doivent allaiter ? Il sauve de l'abattoir des dizaines d'agneaux par an. Il faudrait l'interviewer.

Au salon, André et Guy, postés devant la fenêtre, débattent vivement. Ils ont de grands projets pour le jardin, à cette heure pourtant plongée dans le noir. Thibaut remarque Romain et Sigrid, installés côte à côte sur le canapé, penchés l'un vers l'autre. Serait-elle en train de sourire ? Il n'en est pas certain, le visage de la soigneuse disparaît derrière ses cheveux détachés. Ils frôlent les avant-bras nus de Romain qui a relevé ses manches.

Puis la cocotte en fonte se vide dans les assiettes et on passe au repas. Cinq bouteilles de mercurey sont ouvertes pour l'occasion. Malgré le plat copieux, chacun reprend un roulé à la cannelle. On a parlé d'Ida, de fromage *vegan* et de communication entre les plantes lorsqu'il est l'heure de rentrer. Thibaut croit apercevoir le regard satisfait de Romain alors que Sigrid annonce qu'il est trop tard pour vérifier les canons du poney.

Thibaut accompagne les convives jusqu'à la porte. Avant de partir, André a un regard pour le rosier laissé dans l'entrée. Avec angoisse, il se tourne vers Camille et pointe Thibaut du doigt.

— Promets-moi que tu ne le laisseras pas s'occuper lui-même de la mise en terre !

Rassuré par Camille, le cafetier sort et ils se retrouvent seuls devant la plante.

— C'est étonnant comme choix tout de même, un rosier noir. C'est un peu glauque, tu penses que c'est une sorte d'hommage à Ida ?

— Peut-être. Ou alors, c'est la vie après la mort ?

— 30 —

Après avoir rangé, ils montent. Thibaut, déjà au lit, est rejoint par Camille, qui sort de la douche. Elle lui fait remarquer que pour un homme obsédé par les portes, il ne ferme jamais celle de la chambre avant de se coucher. D'ailleurs, il lui a longuement parlé de la fenêtre du salon, protégée par un lourd dispositif de sécurité, ainsi que de la porte du jardin, carrément escamotée, mais il n'a jamais évoqué l'épais verrou qui ferme la chambre.

Abasourdi, Thibaut repousse les draps et se campe devant la porte. Elle a raison. Obsédé, il l'a été. Obnubilé par ce qu'il a observé au rez-de-chaussée, il n'a même pas remarqué qu'en plus de la serrure avec une petite clef, la pièce se ferme de l'intérieur par un gros verrou cylindrique bien entretenu.

Le lendemain, Thibaut n'a presque pas dormi. D'abord troublé par la découverte de Camille, il a ensuite rêvé en boucle, sa main désespérément paralysée sur la poignée. Épuisé, il gagne la cuisine, vêtu d'un simple tee-shirt et d'un caleçon. Abattu, il prépare le café. La joie ressentie au retour de Camille semble quitter peu à peu ses veines. Il en pleurerait. Il va rechuter et Camille partira à nouveau. Il sursaute. Dans ses pensées, il n'a pas vu Sigrid s'approcher de la maison, elle débarque dans l'entrée.

Rayonnante, elle a visiblement mieux dormi que lui. Elle souhaite jeter un œil aux membres du poney avant de commencer sa tournée.

Thibaut tente de ne pas avoir l'air gêné par sa courte tenue et l'invite à gagner le jardin.

— Par la porte, s'il vous plaît, Sigrid !

Puis il grimpe à l'étage et passe pantalon et pull, le plus doucement possible, pour ne pas réveiller Camille. Il rejoint ensuite le poney et sa soigneuse et note, plus amusé qu'irrité, la fenêtre du salon grande ouverte. Il se demande si elle perdra un jour l'habitude de grimper l'escabeau. Thibaut a garni ses poches de pommes avant de sortir et en tend une au poney. La soigneuse tâte les canons du shetland et lui caresse la tête pendant quelques minutes, le regard perdu vers le tilleul. Il prend enfin la parole :

— Sigrid, il y a quelque chose que je voulais vous demander. Hier, Camille m'a fait remarquer un gros verrou sur la porte de la chambre de ma tante. Vous étiez proche d'Ida, alors je me demandais si vous aviez une explication. Ça me paraît invraisemblable de poser un tel verrou alors que la porte d'entrée ferme à l'aide d'une simple serrure.

Sigrid lâche le postérieur du poney qu'elle était en train d'inspecter et se relève.

— Je veux dire, d'abord la porte cachée, maintenant celle du haut ! Sans parler de… d'autres choses…

Thibaut se demande si Sigrid a connaissance des activités de sa tante sur internet, mais c'est certain, la boîte de photos doit lui être étrangère.

La soigneuse prend une inspiration et plante ses yeux dans ceux de Thibaut. Il se remémore ce jour où, sur le canapé, il s'était demandé si elle lui avait tout dit. Il comprend aussi qu'à présent, il est jugé prêt.

D'une voix différente, compatissante, Sigrid lui parle. Un jour, Ida lui a confié ne pas pouvoir dormir dans une chambre dont la porte n'est pas verrouillée. Elle conclut :

— Apparemment, une habitude prise depuis l'enfance.

— 31 —

Cet après-midi-là, il s'endort sur le canapé du salon, la tête sur les genoux de Camille. Il se trouve dans l'entrée de la maison de ses grands-parents. La froideur du carrelage pique la peau de ses pieds. Il fait nuit, la lumière de la lune passe à travers la fenêtre et se reflète sur la poignée. Chaque pas lui coûte, c'est comme s'il devait s'extirper d'un lit de sable mouvant, le simple fait de lever le pied lui demande un effort. Il est terrorisé, mais incapable de fuir, il doit avancer. Il n'y a qu'une issue. Petit à petit, il s'approche de la porte. Enfin, il pose la main sur la poignée. Il tremble, il ne veut pas la tourner, il n'est qu'un enfant, il veut pleurer. Ida apparaît à ses côtés. Il inspire. Il tourne la poignée. Il pousse la porte. Derrière, le vide. Son grand-père a disparu.

— 32 —

Thibaut sort du train, valise en main, et hume l'air. Voilà plusieurs semaines qu'il n'a pas remis les pieds en Alsace, et plusieurs mois dans sa ville natale. Camille lui saisit le bras et ils s'élancent. Ils ont décidé de parcourir à pied la distance entre la gare et le pavillon de ses parents, repoussant la proposition de son père, soutenue sans surprise et avec insistance par sa mère, de venir les chercher en voiture. Sur le coup, Thibaut s'était dit que la marche serait la bienvenue, lui donnerait les forces nécessaires pour affronter les retrouvailles. La perspective imminente de traverser le centre-ville sans charme jusqu'au quartier banal de son enfance lui fait à présent regretter sa décision. Heureusement, un timide soleil d'hiver vient réchauffer leurs visages et Thibaut, avec un peu plus de conviction, emboîte le pas de Camille. En file indienne, ils empruntent l'étroit trottoir de la rue principale. Camille tourne la tête et lance :

— On passe par le canal ?

Thibaut jette avec circonspection un œil à leurs valises pourvues de roulettes, mais acquiesce. Le cours d'eau est bien le seul atout de cette ville refaite à neuf, alors traîner leurs bagages sur un chemin boueux est un prix qu'il est prêt à payer. Le froid de ces derniers jours a rendu la terre dure comme du bois et ce sont les semelles à peu près propres qu'ils déboulent enfin dans la rue de ses parents. L'enfilade de maisons presque identiques se dresse devant eux. Quelques détails trahissent les efforts avortés de certains occupants pour personnaliser leur lieu de vie. Ici, un toboggan en plastique rouge aurait bien besoin d'un rafistolage, là, la piscine en PVC n'a pas été rangée après l'été et s'est effondrée sur son flanc.

Camille passe devant Thibaut et pousse le portail de la maison avec détermination. Les roues de sa valise résonnent d'un « clac » sec sur chaque dalle de béton menant au porche. Elle grimpe sans effort les quelques marches et se tourne vers Thibaut avec impatience. Elle lui reproche sa lenteur. Il finit par la rejoindre et elle sonne immédiatement. Peut-être craint-elle qu'il renonce à voir ses parents et s'enfuie. Pourtant, l'idée de leur rendre visite vient de lui. Après sa dernière conversation avec Sigrid, ce projet de voyage s'est imposé et il a su que c'était ce qu'il devait faire. L'urgence, celle qui l'a poussé à organiser leur périple sans attendre, ne l'a plus quitté – jusqu'au dernier moment. En entendant de l'autre côté de la porte sa mère crier à son père d'aller ouvrir, ses certitudes finissent de le lâcher. Il a peur des sentiments qui le saisiront dans quelques secondes : colère, tristesse. Et si elle niait ?

Des embrassades sont échangées, les manteaux sont accrochés et, sous les ordres de la mère de Thibaut, les valises sont immédiatement montées dans la chambre. Dans l'effervescence familière, Thibaut se détend et sourit intérieurement aux méthodes dérisoires de cette femme pour retenir son fils.

Contre toute attente, la petite assemblée est conduite dehors, sur la terrasse, débarrassée des feuilles d'automne pour l'occasion.

— Ça serait bête de ne pas profiter de ce soleil pour prendre l'apéro !

Thibaut s'installe à la table en teck et observe sa mère s'activer. Cette extravagance l'étonne. La routine de cette femme est normalement bien ancrée : l'apéritif est habituellement pris dans les fauteuils du salon, où des ramequins encastrables et des dessous de verre sont déposés sur la table basse. Le repas est ensuite servi dans la salle à manger. Pour l'occasion, la toile cirée est recouverte d'une nappe fleurie. Le jardin, lui, est d'habitude réservé aux barbecues d'été.

Ses parents sont très heureux de retrouver Camille. Sa mère trouve à Thibaut une bonne mine. De toute évidence, la nourriture du Vexin lui réussit. Un moment de confusion suit la requête de Thibaut, qui aurait voulu trinquer au guignolet. Les plats s'enchaînent, la mère de Thibaut est survoltée. Elle transmet avec volubilité les nouvelles du quartier, des voisins, des cousins. Elle détaille par le menu ses derniers achats, et relate avec une inquiétude toute feinte les difficultés traversées par les enfants de ses connaissances. De temps en temps, le père de Thibaut fait preuve d'une témérité nouvelle et interrompt sa femme pour s'enquérir de la situation du couple.

— Et votre poney alors, vous allez le laisser dans le jardin ?

À la question, Thibaut s'assombrit.

— Sigrid, sa… soigneuse, m'en a parlé. Elle pourrait lui trouver une place dans une pâture du coin, avec d'autres animaux. Paraît-il que la compagnie ne lui ferait pas de mal et qu'il est probablement assez robuste pour vivre à nouveau avec d'autres congénères.

Après un regard vers le jardin, il expire et ajoute :

— On n'a pas encore pris de décision, ça me ferait drôle, de ne plus le voir tous les jours en ouvrant les volets… Et puis je ne trouve pas cela très correct pour Ida, après tout le mal qu'elle s'est donné pour sauver sa carcasse !

Voilà, le prénom de sa tante a été prononcé. Thibaut adresse un regard inquiet à Camille, s'efforce de ne pas rentrer la tête dans les épaules pour parer le coup. Le coup ne vient pas, sa mère serre les dents, mais ne crache aucun venin et son père, décidément mû par une loquacité nouvelle, passe à un autre sujet.

Après le repas, le temps change et le soleil quitte définitivement le ciel. Ils décident de prendre le café au salon. Chacun s'active et, après plusieurs allers et retours pour débarrasser, Camille, Thibaut et son père se retrouvent dans la cuisine.

— Où est maman ?

— Je crois l'avoir entendue déclarer vouloir rebâcher les chaises et la table, elle doit toujours être dehors.

Thibaut regarde son père. Une douleur fugace passe dans les yeux de l'homme, qui se reprend et hoche la tête avec détermination.

— Camille et moi allons préparer le café, va chercher ta mère.

Son père presse le bras de Thibaut, tous deux se sourient et leurs regards tremblent. Mais aucun ne parle, aucun ne fait marche arrière.

Thibaut monte à l'étage se saisir d'une enveloppe épaisse dans sa valise avant de sortir rejoindre sa mère.

Le vent s'est levé ; il ne l'aperçoit pas tout de suite, au fond du jardin, près de l'étroite remise.

— Je range les coussins, sinon ils vont s'envoler et encore se retrouver chez les voisins ! Quel temps pourri !

Thibaut aide sa mère à placer les coussins dans un coffre en plastique. Une fois la tâche accomplie, elle s'apprête à repartir en vitesse vers la maison, mais il lui saisit le poignet. Surprise, elle s'arrête net et lui décoche un regard interrogatif. En silence, il lui désigne le banc en bois sculpté placé sous un grand conifère. Thibaut a toujours apprécié cette note surprenante d'élégance dans le jardin. D'après ses souvenirs, l'objet provient de la menuiserie même de son grand-père. Il en note l'ironie.

— Tu es fou, le temps change, on ne va pas rester ici !

— Je voudrais te montrer quelque chose.

La voix de Thibaut est rauque, les mots peinent à sortir. Avec lenteur, il extirpe l'album conservé dans une enveloppe kraft, prend la main de sa mère et s'installe. Sa mère abdique et plutôt que de s'asseoir, il a l'impression de la sentir s'écrouler à ses côtés. Doucement, il tourne les pages. Il a répété la scène des dizaines de fois dans sa tête, mais il ne sait toujours pas comment s'y prendre. Alors, il se met à commenter chaque photo, décrit ce qu'il pense reconnaître, et espère déclencher une réaction.

— Là, c'est le cliché que je t'ai envoyé, celui où avec mamie, tu pars chez l'orthophoniste.

Sa mère est impassible, le regard rivé droit devant elle. Il se demande si elle a daigné jeter ne serait-ce qu'un œil au contenu de l'album. Elle acquiesce pourtant muettement à chacun de ses mots, et cela lui donne le courage de persévérer. Puis apparaît la photo d'Ida prise juste après sa probable tentative de suicide, les poignets encore bandés. Le ton de Thibaut se durcit. Saisissant plus fermement l'album, il déclare :

— Là, Ida a quinze ans, c'est son anniversaire. Tu t'en souviens.

Il ne s'agit pas d'une question. Thibaut marque l'affirmation d'un silence. C'est à son tour de figer son regard en direction de la maison, loin de celui de sa mère.

Après un moment, il sent le mouvement subtil de celle-ci, qui hoche la tête à côté de lui. Timidement, elle passe un doigt sur le cliché, et le retire. Puis elle porte ses mains vers sa poitrine. Pas de haine. Pas de colère. Ida et ses grands-parents sont morts. Thibaut ne sent que la tristesse, sans fond, qui fend son ventre. Le vent fait claquer la porte mal fermée de la remise. Sa mère, immobile, ne dit toujours rien. Il se penche vers la photo, détaille le contour flou du visage sans joie de sa tante. *J'ai compris, Ida. J'ai compris et je te crois.* À côté, le visage juvénile de sa mère se dessine. Celui d'une enfant qui n'a pas voulu croire les dires de sa sœur, et qui devait aller chez l'orthophoniste. Celui d'une enfant dont la parole s'est embrouillée.

Thibaut expire.

— Je pense que je vais demander à Sigrid d'installer le poney d'Ida dans une nouvelle pâture.

La porte de la remise claque. Sa mère se lève, se dirige vers la cabane, place tout son poids contre le battant, attrape la clef et donne un tour énergique. Les yeux toujours rivés sur la clef, elle déclare :

— Oui, je crois que ce serait bien.

Le vent est tombé, sinon, Thibaut ne l'aurait pas entendue.

ÉPILOGUE

Thibaut s'installe dans le train et regarde le paysage défiler. La sortie de l'hiver est encore timide. Il a rendez-vous avec Ahmed. Depuis qu'il a rejoint le collectif Érinyes, les deux hommes ont sympathisé. Ahmed lui a confié la façon dont sa propre agression était remontée à sa mémoire après son arrivée dans l'association. À présent, ils se retrouvent régulièrement pour prendre un café.

La ligne ferroviaire a enfin été équipée de trains modernes, et Thibaut écoute la voix mécanique annoncer les différentes entrées en gare. Il repense au jour de son arrivée, quand il avait fait le trajet inverse, et à cette soirée, où Camille et lui avaient enfin discuté. Dans le salon d'Ida, Camille lui avait trouvé un air reposé. Il lui avait répondu mieux dormir depuis qu'il avait réussi à ouvrir la porte de son rêve. Étonnée, elle lui avait demandé pourquoi il n'en avait pas parlé avant. Il avait mis du temps à répondre. Son cauchemar était derrière lui, certes, mais il devait à présent faire face à une nouvelle réalité. Camille n'avait pas compris. Alors il avait trouvé le courage de partager ses conclusions douloureuses.

Sigrid avait dit qu'Ida, en murant la porte, avait voulu se protéger. À présent, il le comprenait, elle voulait protéger ses arrières. Camille avait demandé, doucement, si Thibaut savait de quoi sa tante avait peur. Alors il avait tout déballé en désordre. Les photos d'enfance, la mère de Thibaut qui partait toutes les semaines chez l'orthophoniste. Ida qui restait seule avec son père. L'atelier de menuiserie à l'arrière de la maison. La tentative de suicide, à quinze ans, peu avant la mort du grand-père. Ida, traitée de menteuse, et la haine profonde ressentie par la mère de Thibaut.

Il en était convaincu, Ida avait parlé. Le grand-père était mort de façon prématurée, la famille avait explosé, et Ida s'était retrouvée seule. Elle n'avait pas flanché ; toute sa vie, elle avait tenté de transcender son traumatisme. Elle avait aidé les autres, elle avait lutté.

Peut-être n'en avait-elle plus jamais parlé, confiant muettement son histoire à sa maison.

Thibaut s'assoupit. Il rêve. Il se trouve dans le couloir de la maison de ses grands-parents. Il est apaisé. Devant lui, la porte est ouverte.

REMERCIEMENTS

Je remercie ma mère. Elle est la première à m'avoir encouragée à écrire. Elle a patiemment relu chaque chapitre et a été à l'affût des incohérences.

Je remercie Jacques, qui m'a donné les ressources et le temps pour écrire. Il a été le premier à découvrir ce récit, et il a écouté sans rechigner le même passage, souvent relu plus d'une fois au gré des corrections !

Je remercie Françoise. Sans son rêve, qu'elle m'a raconté il y a des années, cette histoire n'aurait pas pris chair !

Je remercie ma famille, mes amis et tous ceux qui s'égarent régulièrement sur mon blog et me donnent l'envie de continuer.

Je remercie l'éditeur Vincent Brochard et les membres du jury du concours Jeune Talent – Jeannine Balland, qui me permettent d'éditer cette histoire.

Je remercie évidemment le lecteur, sans qui le secret ne serait pas révélé.

Collection
TERRITOIRES

Jean ANGLADE
Une vie en rouge et bleu
Le Dernier de la paroisse
Le Choix d'Auguste
Le Sculpteur de nuages
Les Cousins Belloc
Le Grand Dérangement

Sylvie ANNE
Le Gantier de Jourgnac
La Maison du feuillardier

Sylvie BARON
Un été à Rochegonde
Les Ruchers de la colère
L'Auberge du pont de Tréboul
L'Héritière des Fajoux
Rendez-vous à Belinay
Terminus Garabit
Un coin de parapluie
Une Miss pas comme les autres
Des noces en or
Les petits meurtres du mardi
Un hôte bien encombrant

Jean-François BAZIN
Les Raisins bleus
Le Clos des Monts-Luisants
Le Vin de Bonne-Espérance
Les Compagnons du grand flot
Le Maître de la lumière
Le Dernier Tonnelier

Sarah BELL
Le Chant des reines

Henriette BERNIER
Le Baron des champs

Jean-Baptiste BESTER
L'Homme de la Clarée
Plus près des anges
Les Amants de Sainte-Catherine
Meurtre au pont du Diable

Françoise BOURDON
Le Moulin des Sources
Le Mas des Tilleuls
La Grange de Rochebrune
Retour au pays bleu
Le Fils maudit
Les Sentiers de l'exil
Les roses sont éternelles
Le Maître du Castellar
Le Secret de Belle Épine
Pour oublier la nuit

Édouard BRASEY
Les Lavandières de Brocéliande
Les Pardons de Locronan
La Sirène d'Ouessant
L'Affaire Cabre d'or
Le Domaine des oliviers
Les Fils du patriarche

Patrick BREUZÉ
Les Remèdes de nos campagnes
La Valse des nuages
L'Étoile immobile
Mon fils va venir me chercher
La Montagne pour refuge
Versant secret
Les Buveurs de ciel

Nathalie de BROC
La Vallée des ambitions
La Robe pourpre

Michel CAFFIER
Corne de brume
La Paille et l'Osier
Les Étincelles de l'espoir

Anne COURTILLÉ
La Tentation d'Isabeau
Le Gaucher du diable
Les Damoiselles de Clermont

Annie DEGROOTE
Les Racines du temps
D'infinies promesses

Jérôme DELIRY
Une rivière trop tranquille
L'Héritage de Terrefondrée
La Maraude

Raphaël DELPARD
L'Enfant sans étoile
Pour l'amour de ma terre
L'enfant qui parlait avec les nuages
Le Courage de Louise

Alain DUBOS
La Mémoire du vent
La Corne de Dieu
Le Dernier Combat du Dr Cassagne

Élise FISCHER
Les Noces de Marie-Victoire
Je jouerai encore pour nous
Villa Sourire
L'Étrange Destin de Marie
Le Jardin de Pétronille
Aux Deux Hirondelles
Les Femmes des terres salées
La Promesse du sel
Le Vin de Pâques
Marionnettes d'amour
Là où renaît l'espoir
Tous au théâtre
Les Silences de Jeannette

Emmanuelle FRIEDMANN
Le Rêveur des Halles
La Dynastie des Chevallier
L'Orphelinat
La Faute des autres

Alain GANDY
Les Cousins de Saintonge

Gérard GEORGES
Une terre pour demain
Le Destin des Renardias
Le Bal des conscrits
Mademoiselle Clarisse
Anatole, fils de personne
La Mésangère

Georges-Patrick Gleize

La Fille de la fabrique
Pas plus tard que l'aurore
Le Serment des oliviers
Le Vent de la jeunesse
Quelques pas dans la neige
Les Noisetiers du bout du monde
Le Crépuscule des Justes
Même les pierres ont une histoire
La Montagne des autres
Coupe rase
La Dernière Turque
Les Anges de Beau-Rivage
Le Bal des poupées
Le Front dans l'azur
Nous étions trois
Le Cabanon à l'étoile
L'Alchimiste de Sant-Vicens

Yves Hughes

Et meurent les marionnettes

Yves Jacob

Sous l'ombre des pommiers
Le Silence de Justine

Corinne Javelaud

L'Ombre de Rose-May
Les Petits-Papiers de Marie-Lou
L'Odyssée de Clarence
Les Fantômes de Marianne

Guillemette de la Borie

La Dernière Héritière
Le Portrait disparu

Hélène Legrais

L'Ermitage du soleil
Les Héros perdus de Gabrielle
Les Ailes de la tramontane
La Guerre des cousins Buscail
Les montagnes chantaient la liberté
Ceux du Château, ceux du Moulin
Trois gouttes de sang grenat

Philippe Lemaire

Rue de la Côte-Chaude
L'Enfant des silences
L'Oiseau de passage
La Mélancolie du renard

Alfred Lenglet

Du poison dans les veines
Jeux mortels en hiver
Temps de haine
Cœurs de glace

Éric Le Nabour

Retour à Tinténiac
La Louve de Lorient
À l'ombre de nos larmes
La Frondeuse
Cécile et les Beaujour
Comme une aube fragile

Jean-Paul Malaval

L'Or des Borderies
Soleil d'octobre
Les Noces de soie
La Villa des térébinthes
Rendez-vous à Fontbelair
La Folie des Bassompierre
Chronique des Strenquel
La Bastide aux chagrins
Les Sœurs Querelle
Les Larmes de la pinède

La Belle Étrangère
Adélaïde au bord de la falaise
Les Gens de Combeval
La Souveraine en son domaine
Un si joli mariage
Rue de la Fontaine-Bleue
Un cœur solitaire dans une maison trop grande
Un été sous les tilleuls
La Vallée des eaux amères
L'Héritière des sables fauves

Antonin MALROUX
La Promesse des lilas
La Cascade des loups
La Pierre marquée
L'Homme aux ciseaux d'argent
Les prés refleuriront
Fenêtre sur village
Marie des Adrets
L'Espoir de belles aurores
Le Pain de paille
Le Cœur de mon père
Le Charpentier du paradis
Un soleil pour chaque jour
L'Académicien de juillet

Jean-Luc MOUSSET
L'Enfant des labours
Le Secret de Neige

Sophie MUFFAT-MÉRIDOL
L'Homme au bouquet
La Vérité qu'elle mérite

Brigite PIEDFERT
Deux Grains de sucre, un soupçon de secret
Tu seras princesse de Tarragone

Frédéric PONS
Les Pèlerins du diable

Agathe PORTAIL
L'Année du gel
Piqûres de rappel
De la même veine

Nicole PROVENCE
Le Secret d'Aiglantine

Joël RAGUÉNES
La Maîtresse de Ker-Huella
La Dame de Roz Avel
La Sirène du port
Les Trois Saisons de la vie
L'Or du lin
Les Vies de Jeanne
Pêcheurs du bout du monde
Les Derniers Seigneurs de la mer
La Salamandre de Trévarez

Florence ROCHE
La Terre des Falgères
L'École du lac
La Réfugiée du domaine

Élisabeth SEGARD
Une certaine idée du paradis
Un futur presque parfait

Geneviève SENGER
La Maison Vogel
L'Enfant de la Cerisaie
La Dynastie des Weber
Les Jumeaux du val d'amour
La Promesse de Rose
Les Bellanger

La Dame des Genêts
L'Or de Salomé
La Terre originelle
Le Bonheur est au fond des vallées

Jean SICCARDI
La Source de saint Germain
Le Maître du diamant noir
L'Ivresse des anges
L'Auberge du gué
Gaston des vignes
La Chapelle des Templiers
Le Dernier Faiseur d'or

Bernard SIMONAY
L'Or du Solognot
Le Marais des ombres
Meurtres d'outre-tombe

Jean-Michel THIBAUX
L'Olivier du diable
Le Maître des bastides
Le Rappel du tambour

Katia VALÈRE
Après la nuit vient l'aube

Brigitte VAREL
Le Secret des pierres

Louis-Olivier VITTÉ
La Guérisseuse de Peyreforte
Là où coule une rivière
Le Secret de Tire-Lune
La Statue engloutie
La Dame des vignes hautes
La Femme qui voulait voir la mer
Petit Jean

Colette VLÉRICK
L'Enfant sur le pont
Un air de liberté
La Nacre des abers
Dans la lumière de Pont-Aven
Rêves d'indiennes

Composition et mise en pages
Nord Compo à Villeneuve-dAscq

Achevé d'imprimer en septembre 2023
par CPI BUSSIÈRE (18200 Saint-Armand-Montrond)
pour le compte des éditions Calmann-Lévy
21, rue du Montparnasse 75006 Paris

PAPIER CERTIFIÉ

CALMANN LÉVY s'engage
pour l'environnement en réduisant
l'empreinte carbone de ses livres.
Celle de cet exemplaire est de :
500 g éq. CO_2
Rendez-vous sur
www.calmann-levy-durable.fr

N° d'éditeur : 8961495/01
N° d'imprimeur : 2073945
Dépôt légal : octobre 2023
Imprimé en France